生活是种律动,须有光有影,有左有右,有晴有雨;滋味就含在这变而不猛的曲折里。

——老舍

问题不大

老舍短篇小说集

老舍 著

中国致公出版社·北京

目录

不成问题的问题 /001

新爱弥耳 /040

开市大吉 /050

月牙儿 /058

老字号 /088

阳光 /095

兔 /126

断魂枪 /145

小铃儿 /155

马裤先生 /162

柳家大院 /168

狗之晨 /180

一封家信 /187

沈二哥加了薪水 /196

微神 /202

抱孙 /215

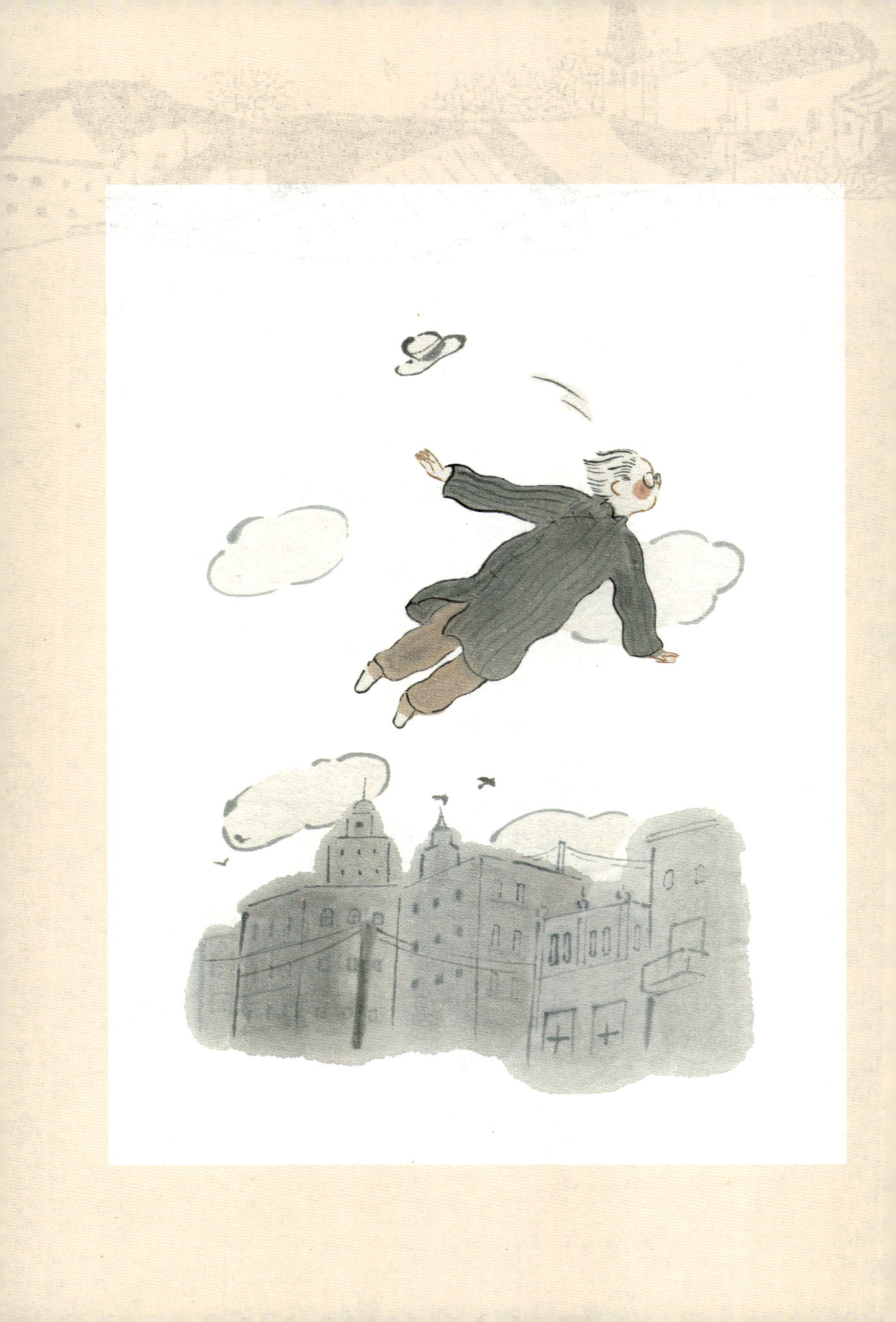

不成问题的问题

任何人来到这里——树华农场——他必定会感觉到世界上并没有什么战争,和战争所带来的轰炸、屠杀,与死亡。专凭风景来说,这里真值得被称为乱世的桃源。前面是刚由一个小小的峡口转过来的江,江水在冬天与春天总是使人愿意跳进去的那么澄清碧绿。背后是一带小山。山上没有什么,除了一丛丛的绿竹矮树,在竹、树的空处往往露出赭色的块块儿,像是画家给点染上的。

小山的半腰里,那青青的一片,在青色当中露出一两块白墙和二三屋脊的,便是树华农场。江上的小渡口,离农场大约有半里地,小船上的渡客,即使是往相反的方向去的,也往往回转头来,望一望这美丽的地方。他们若上了那斜着的坡道,就必定向农场这里指指点点,因为树上半黄的橘柑,或已经红了的苹果,总是使人注意而想夸赞几声的。到春暖花开的时候,或遇到什么大家休假的日子,城里的仕女有时候也把逛一逛树华农场作为一种高雅的举动,而这农场的美丽恐怕还多少地存在一些小文与短诗之中咧。

创办一座农场必定不是为看着玩的;那么,我们就不能专来诪赞风景而忽略更实际一些的事儿了。由实际上说，树华农场的用水是没有问题的，因为江就在它的脚底下。出品的运出也没有问题。它离重庆市不过三十多里路，江中可以走船，江边上也有小路。它的设备是相当可观的：有鸭鹅池、有兔笼、有花畦、有菜圃、有牛羊圈、有果园。鸭蛋、鲜花、青菜、水果、牛羊乳……都正是像重庆那样的都市所必需的东西。况且，它的创办正在抗战的那一年：重庆的人口，在抗战后，一天比一天多，所以需要的东西，像青菜与其他树华农场所产生的东西，自然的也一天比一天多。赚钱是没有问题的。

  从渡口上的坡道往左走不远，就有一些还未完全风化的红石，石旁生着几丛细竹。到了竹丛，便到了农场的窄而明洁的石板路。离竹丛不远，相对地长着两株青松，松树上挂着两面粗粗刨平的木牌，白漆漆着"树华农场"。石板路边，靠江的这一面，都是花，使人能从花的各种颜色上，慢慢地把眼光移到碧绿的江水上面去。靠山的一面是许多直立的扇形的葡萄架，架子的后面是各种果树。走完了石板路，有一座不甚高、而相当宽的藤萝架，这便是农场的大门，横匾上刻着"树华"两个隶字。进了门，在绿草上，或碎石堆花的路上，往往能看见几片柔软而轻的鸭鹅毛，因为鸭鹅的池塘便在左手方。这里的鸭是纯白而肥硕的，真正的北平填鸭。对着鸭池是平平的一个坝子，满种着花草与菜蔬。在坝子的末端，被竹树掩覆着的，是办公厅。这是相当坚固而十分雅致的一所两层的楼房，花果的香味永远充满了全楼的每一角落。牛羊圈和工人的草舍又在楼房的后边，时时有羊羔悲哀地啼唤。

  这一些设备，教农场至少要用二十来名工人。可是，以它的生产能力，和出品销路的良好来说，除了一切开销，它还应当赚钱。无论是内行人还是外行人，只要看过这座农场，大概就不会想象到这是赔钱的事业。

然而，树华农场赔钱。

创办的时候，当然要往"里"垫钱。但是，鸡鸭、青菜、鲜花、牛羊乳，都是不需要很长的时间就可以在利润方面有些数目字的。按照行家的算盘上看，假若第二年还不十分顺利的话，至迟在第三年的开始就可以绝对地看赚了。

可是，树华农场的赔损是在创办后的第三年。在第三年首次股东会议的时候，场长与股东们都对着账簿发了半天的愣。

赔点钱，场长是决不①在乎的，他不过是大股东之一，而被大家推举出来做场长的。他还有许多比这座农场大得多的事业。可是，即使他对这小小的事业赔赚都不在乎，即使他一走到院中，看看那些鲜美的花草，就把赔钱的事忘得一干二净，他现在——在股东会上——究竟有点不大好过。他自信是把能手，他到处会赚钱，他是大家所崇拜的实业家。农场赔钱？这伤了他的自尊心。他赔点钱，股东他们赔点钱，都没有关系。只是，下不来台！这比什么都要紧！

股东们呢，多数的是可以与场长立在一块儿呼兄唤弟的。他们的名望、资本、能力，也许都不及场长，可是在赔个万儿八千块钱上来说，场长要是沉得住气，他们也不便多出声儿。很少数的股东的确是想投了资、赚点钱，可是他们不便先开口质问，因为他们股子少，地位也就低，假若粗着脖子红着筋地发言，也许得罪了场长和大股东们——这，恐怕比赔点钱的损失还更大呢。

事实上，假若大家肯打开窗子说亮话，他们就可以异口同声地、

---

① 本书行文习惯和用词可能与当下规范不一致，为尊重作者语言特色，部分语言未作改动。

确凿无疑地,马上指出赔钱的原因来。原因很简单,他们错用了人。场长,虽然是场长,是不能、不肯、不会、不屑于到农场来监督指导一切的。股东们也不会十趟八趟跑来看看的——他们只愿在开会的时候来做一次远足,既可以欣赏欣赏乡郊的景色,又可以和老友们喝两盅酒,附带的还可以露一露股东的身份。除了几个小股东,多数人接到开会的通知,就仿佛在箱子里寻找迎节当令该换的衣服的时候,偶然地发现了想不起怎么随手放在那里的一卷钞票——"呕,这儿还有点玩意儿呢!"

农场实际负责任的人是丁务源,丁主任。

丁务源,丁主任,管理这座农场已有半年。农场赔钱就在这半年。

连场长带股东们都知道,假若他们脱口而出地说实话,他们就必定在口里说出"赔钱的原因在——"的时节,手指就确切无疑地伸出,指着丁务源!丁务源就在一旁坐着呢。

但是,谁的嘴也没动,手指自然也就无从伸出。

他们,连场长带股东,谁没吃过农场的北平大填鸭、意大利种的肥母鸡、琥珀心的松花,和大得使儿童们跳起来的大鸡蛋鸭蛋?谁的瓶里没有插过农场的大枝的桂花、蜡梅、红白梅花,和大朵的起楼子的芍药、牡丹与茶花?谁的盘子里没有盛过使男女客人们赞叹的山东大白菜、绿得像翡翠般的油菜与嫩豌豆?

这些东西都是谁送给他们的?丁务源!

再说,谁家落了红白事,不是人家丁主任第一个跑来帮忙?谁家出了不大痛快的事故,不是人家丁主任像自天而降的喜神一般,把大事化小、小事化无?

是的,丁主任就在这里坐着呢。可是谁肯伸出指头去戳点他呢?

什么责任问题、补救方法，股东会都没有谈论。等到丁主任预备的酒席吃残，大家只能拍拍他的肩膀，说声"美满闭会"了。

丁务源是哪里的人？没有人知道。他是一切人——中外无别——的乡亲。他的言语也正配得上他的籍贯，他会把他所到过的地方的最简单的话，例如四川的"啥子"与"要得"、上海的"唔啥"、北平的"妈啦巴子"……都美好地联结到一处，变成一种独创的"国语"；有时候也还加上一半个"孤得"，或"夜司"，增加一点异国情味。

四十来岁，中等身量，脸上有点发胖，而肉都是亮的，丁务源不是个俊秀的人，而令人喜爱。他脸上那点发亮的肌肉，已经叫人一见就痛快，再加上一对光满神足、顾盼多姿的眼睛，与随时变化而无往不宜的表情，就不只讨人爱，而且令人信任他了。最足以表现他的天才而使人赞叹不已的是他的衣服。他的长袍，不管是绸的还是布的，不管是单的还是棉的，永远是半新半旧的，使人一看就感到舒服；永远是比他的身材稍微宽大一些，于是他垂着手也好、揣着手也好、掉背着手更好，老有一些从容不迫的气度。他的小褂的领子与袖口，永远是洁白如雪，这样，即使大褂上有一小块油渍，或大襟上微微有点褶皱，可是他的雪白的内衣的领与袖会使人相信他是最爱清洁的人。他老穿礼服呢厚白底子的鞋，而且裤脚儿上扎着绸子带儿。快走，那白白的鞋底与颤动的腿带，会显出轻灵飘洒；慢走，又显出雍容大雅。长袍、布底鞋、绸子裤脚带儿合在一处，未免太老派了，所以他在领子下面插上了一支派克笔和一支白亮的铅笔，来调和一下。

他老在说话，而并没说什么。"是呀""要得么""好"，这些小字眼被他轻妙地插在别人的话语中间，就好像他说了许多话似的。到必要时，他把这些小字眼也收藏起来，而只转转眼珠，或轻轻一咬

005

嘴唇，或给人家从衣服上弹去一点点灰。这些小动作表现了关切、同情、用心，比说话的效果更大得多。遇见大事，他总是斩钉截铁地下这样的结论——没有问题，绝对的！说完这一声，他便把问题放下，而闲扯些别的，使对方把忧虑与关切马上忘掉。等到对方满意地告别了，他会倒头就睡，睡三四个钟头；醒来，他把那件绝对没有问题的事忘得一干二净。直等到那个人又来了，他才想起原来曾经有过那么一回事，而又把对方热诚地送走。事情，照例又推在一边。及至那个人快恼了他的时候，他会用农场的出品使朋友仍然和他和好。天下事都绝对没有问题，因为他根本不去办。

　　他吃得好，穿得舒服，睡得香甜，永远不会发愁。他绝对没有任何理想，所以想发愁也无从发起。他看不出彼此敷衍有什么不对的地方。他只知道敷衍能解决一切，至少能使他无忧无虑，脸上胖而且亮。凡足以使事情敷衍过去的手段，都是绝妙的手段。当他刚一得到农场主任的职务的时候，他便被姑姑老姨舅爷，与舅爷的舅爷包围起来，他马上变成了这群人的救主。没办法，只好一一敷衍。于是一部分有经验的职员与工人马上被他"欢送"出去，而舅爷与舅爷的舅爷都成了护法的天使，占据了地上的乐园。

　　没被辞退的职员与园丁，本都想辞职。可是，丁主任不给他们开口的机会。他们由书面上通知他，他连看也不看。于是，大家想不辞而别。但是，赶到真要走出农场时，大家的意见已经不甚一致。新主任到职以后，什么也没过问，而在两天之中把大家的姓名记得飞熟，并且知道了他们的籍贯。

　　"老张！"丁主任最富情感的眼，像有两条紫外光似的射到老张的心里，"你是广元人呀？乡亲！硬是要得！"丁主任解除了老张的

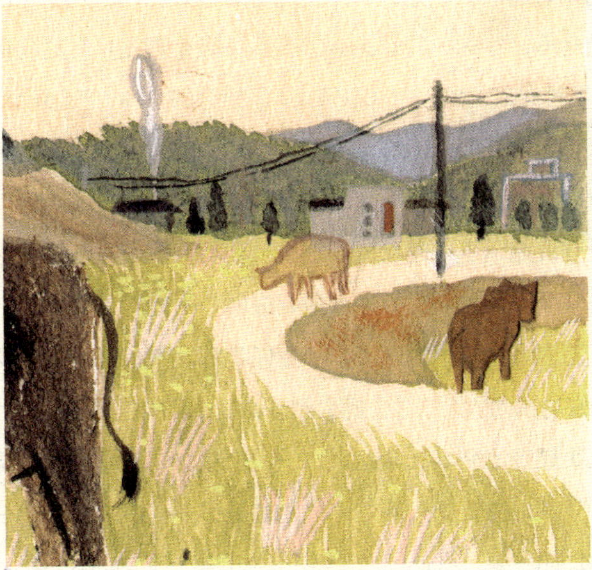

武装。

"老谢！"丁主任的有肉而滚热的手拍着老谢的肩膀，"呕，恩施？好地方！乡亲！要得么！"于是，老谢也缴了械。

多数的旧人们就这样受了感动，而把"不辞而别"的决定视为一时的冲动，不大合理。那几位比较坚决的，看朋友们多数鸣金收兵，也就不便再说什么，虽然心里还有点不大得劲儿。及至丁主任的胖手也拍在他们的肩头上，他们反觉得只有给他效劳，庶几乎可以赎出自己的行动幼稚、冒昧的罪过来。"丁主任是个朋友！"这句话即使不便明说，也时常在大家心中飞来飞去，像出笼的小鸟，恋恋不忍去似的。

大家对丁主任的信任心是与时俱增的。不管大事小事，只要向丁主任开口，人家丁主任是不会眨眨眼或愣一愣再答应的。他们的请托的话还没有说完，丁主任已说了五个"要得"。丁主任受人之托，事实上，是轻而易举的。比方说，他要进城——他时常进城——有人托他带几块肥皂。在托他的人想，丁主任是精明人，必能以极便宜的价钱买到极好的东西。而丁主任呢，到了城里，顺脚走进那最大的铺子，随手拿几块最贵的肥皂。拿回来，一说价钱，使朋友大吃一惊。"货物道地，"丁主任要交代清楚，"你晓得！多出钱，到大铺子去买，吃不了亏！你不要，我还留着用呢！你怎样？"怎能不要呢，朋友只好把东西接过去，连声道谢。

大家可是依旧信任他。当他们暗中思索的时候，他们要问：托人家带东西，带来了没有？带来了。那么人家没有失信。东西贵，可是好呢。进言无二价的大铺子买东西，谁不会呢，何必托他？不过，既然托他，他——堂堂的丁主任——岂是挤在小摊子上争钱讲价的人？这只能怪自己，不能怪丁主任。

慢慢地,场里的人们又有耳闻:人家丁主任给场长与股东们办事也是如此。不管办个"三天",还是"满月",丁主任必定闻风而至,他来到,事情就得由他办。烟,能买"炮台"就买"炮台",能买到"三五"就是"三五"。酒,即使找不到"茅台"与"贵妃",起码也是绵竹大曲。饭菜,呕,先不用说饭菜吧,就是糖果也必得是冠生园的,主人们没法挑眼。不错,丁主任的手法确是太大,可是,他给主人们做了脸哪。主人说不出话来,而且没法不佩服丁主任见过世面。有时候,主妇们因为丁主任太好铺张而想表示不满,可是丁主任送来的礼物,与对她们的殷勤,使她们也无从开口。她们既不出声,男人们就感到事情都办得合理,而把丁主任看成了不起的人物。这样,丁主任既在场长与股东们眼中有了身份,农场里的人们就不敢再批评什么,即使吃了他的亏,似乎也是应当的。

及至丁主任做到两个月的主任,大家不但不想辞职,而且很怕被辞了。他们宁可舍着脸去逢迎谄媚他,也不肯失掉了地位。丁主任带来的人,因为不会做活,也就根本什么也不干。原有的工人与职员虽然不敢照样公然怠工,可是也不便再像原先那样实对实地每日做八小时工。他们自动把八小时改为七小时,慢慢地又改为六小时、五小时。赶到主任进城的时候,他们干脆就整天休息。休息多了,又感到闷得慌,于是麻将与牌九就应运而起。牛羊们饿得乱叫,也压不下大家的欢笑与牌声。有一回,大家正赌得高兴,猛一抬头,丁主任不知道什么时候神不知鬼不觉地站在老张的后边!大家都愣了!

"接着来,没关系!"丁主任的表情与语调顿时叫大家的眼都有点发湿。"干活是干活,玩是玩!老张,那张八万打得好,要得!"

大家的精神,就像都刚和了满贯似的,为之一振。有的人被感动得手指直颤。

　　大家让主任加入。主任无论如何不肯破坏原局。直等到四圈完了，他才强被大家拉住，改组。"赌场上可不分大小，赢了拿走，输了认命，别说我是主任、谁是园丁！"主任挽起雪白的袖口，微笑着说。大家没有异议。"还玩这么大的，可是加十块钱的望子，自摸双？"大家又无异议。新局开始。主任的牌打得好。不但好，而且牌品高，打起牌来，他一声不出，连"要得"也不说了。他自己和牌，轻轻地好像抱歉似的把牌推倒。别人和牌，他微笑着，几乎是毕恭毕敬地送过筹码去。十次，他总有八次赢钱，可是越赢越受大家敬爱。大家仿佛宁愿把钱输给主任，也不愿随便赢别人几个。把钱输给丁主任似乎是一种光荣。

　　不过，从实际上看，光荣却不像钱那样有用。钱既输光，就得另想生财之道。由正常的工作而获得的收入，谁都晓得，是有固定的数目。指着每月的工资去与丁主任一决胜负是做不通的。虽然没有创设什么设计委员会，大家可是都在打主意，打农场的主意。主意容易打，执行的勇气却很不易提起来。可是，感谢丁主任，他暗示给大家，农场的东西是可以自由处置的。没看见吗？农场的出品，丁主任都随便自己享受，都随便拿去送人。丁主任是如此，丁主任带来的"亲兵"也是如此，那么，别人又何必分外地客气呢？

　　于是，树华农场的肥鹅大鸭与油鸡忽然都罢了工，不再下蛋，这也许近乎污蔑这一群有良心的动物们，但是农场的账簿上千真万确看不见那笔蛋的收入了。外间自然还看得见树华的有名的鸭蛋——为孵小鸭用的——可是价钱高了三倍。找好鸭种的人们都交头接耳地嘀咕："树华的填鸭鸭蛋得托人情才弄得到手呢。"在这句话里，老张、老谢、

010

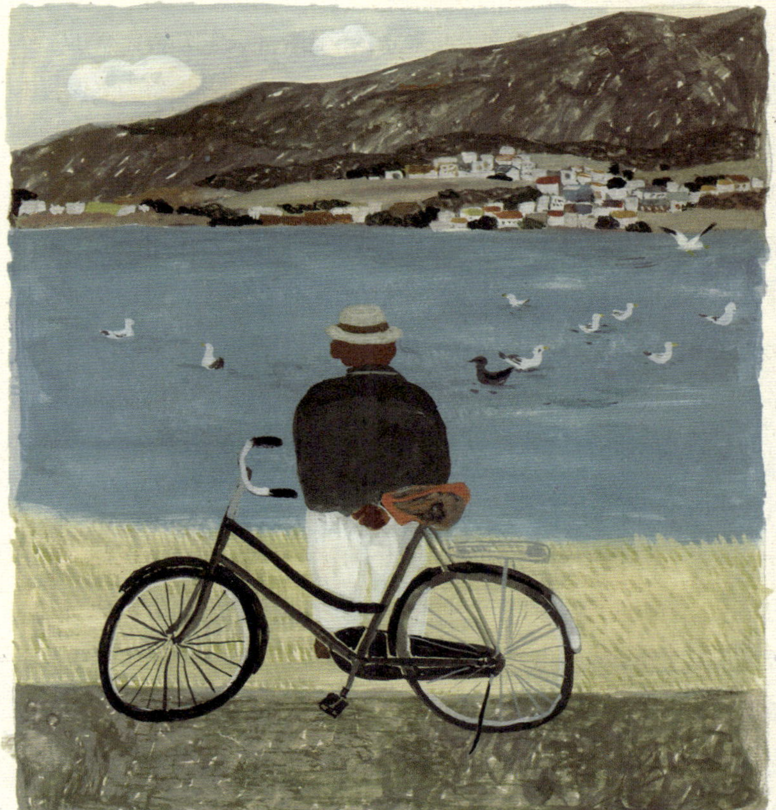

老李都成了被恳托的要人。

在蛋荒之后，紧接着便是按照科学方法建造的鸡鸭房都失了科学的效用。树华农场大闹黄鼠狼，每晚上都丢失一两只大鸡或肥鸭。有时候，黄鼠狼在白天就出来为非作歹，而在他们最猖獗的时间，连牛犊和羊羔都被劫去。多么大的黄鼠狼呀！

鲜花、青菜、水果的产量并未减少，因为工友们知道完全不工作是自取灭亡。在他们赌输了、睡足了之后，他们自动地努力工作，不是为公，而是为了自己。不过，产量虽未怎么减少，农场的收入却比以前差得多了。果子、青菜，据说都闹虫病。果子呢，须要剔选一番，而后付运，以免损害了农场的美誉。不知道为什么那些落选的果子仿佛更大更美丽一些，而先被运走。没人能说出道理来，可是大家都喜欢这么做。菜蔬呢，以那最出名的大白菜说吧，等到上船的时节，三斤重的就变成了一斤或一斤多点；那外面的大肥叶子——据说是受过虫伤的——都被剥下来，洗净，另捆成一把一把的运走，当作"猪菜"卖。这种猪菜在市场上有很高的价格。

这些事，丁主任似乎知道，可没有任何表示，当夜里闹黄鼠狼子的时候，即使他正醒着，听得明明白白，他也不会失去身份地出来看看。及至次晨有人来报告，他会顺口答音地声明："我也听见了，我睡觉最警醒不过！"假若他高兴，他会继续说上许多关于黄鼬和他夜间怎样警觉的故事，当被黄鼬拉去而变成红烧的或清炖的鸡鸭，摆在他的面前，他就绝对不再提黄鼬，而只谈些烹饪上的问题与经验，一边说着，一边把最肥的一块鸭夹起来送给别人，"这么肥的鸭子，非挂炉烧烤不够味；清炖不相宜，不过，汤还看得！"他极大方地尝了两口汤。工人们若献给他钱——比如卖猪菜的钱——他绝对不肯收。"咱们这里没有等级,全是朋友。可是主任到底是主任,不能吃猪菜的钱!晚上打几圈儿好啦!要得吗?"他自己亲热地回答上,"要得!"把个"得"字说得极长。几圈麻将打过后,大家的猪菜钱至少有十分之八,名正言顺地入了主任的腰包。当一五一十地收钱的时候,他还要谦逊地声明:"咱们的牌都差不多,谁也说不上高明。我的把弟孙宏英,一月只打一次就够吃半年的。人家那才叫会打牌!不信,你给他个司长,他都不做,一个月打一次小牌就够了!"

秦妙斋从十五岁起就自称为宁夏第一才子。到二十多岁,看"才子"这个词儿不大时兴了,乃改称为全国第一艺术家。据他自己说,他会雕刻、会作画、会弹古琴与钢琴、会作诗、会写小说与戏剧:全能的艺术家。可是,谁也没有见过他雕刻、画图、弹琴,和作文章。

在平时,他自居为艺术家,别人也就顺口答音地称他为艺术家,倒也没什么。到了抗战时期,正是所谓国乱显忠臣的时候,艺术家也罢,科学家也罢,都要拿出他的真正本领来报效国家,而秦妙斋先生什么也拿不出来。这也不算什么。假若他肯虚心地去学习,说不定他也许有一点天才,能学会画两笔,或做些简单而通俗的文字,去宣传抗战,或者,干脆放弃天才的梦,而脚踏实地地去做中小学的教师,或到机关中服务,也还不失为尽其在我。可是他不肯去学习,不肯去吃苦,而只想飘飘摇摇地做个空头艺术家。

他在抗战后,也曾加入艺术家们的抗战团体。可是不久便冷淡下来,不再去开会。因为在他想,自己既是第一艺术家,理当在各团体中取得领导的地位。可是,那些团体并没有对他表示敬意。他们好像对他和对一切好虚名的人都这么说:谁肯出力做抗战工作,谁便是好朋友;反之,谁要是借此出风头,获得一点虚名与虚荣,谁就趁早儿退出去。

秦妙斋退了出来。但是，他不甘寂寞。他觉得这样的败退，并不是因为自己的浅薄虚伪，而是因为他的本领出众，不见容于那些妒忌他的人们。他想要独树一帜，自己创办一个什么团体，去过一过领导的瘾。这，又没能成功，没有人肯听他号召。在这之后，他颇费了一番思索，给自己想出两个字来：清高。当他和别人闲谈，或独自呻吟的时候，他会很得意地用这两个字去抹杀一切，而抬高自己，"而今的一般自命为艺术家的，都为了什么？什么也不为，除了钱！真正懂得什么叫作清高的是谁？"他的鼻尖对准了自己的胸口，轻轻地点点头。"就连那做教授的也算不上清高，教授难道不拿薪水么？……""可是你怎么活着呢？你的钱从什么地方来呢？"有那心直口快的这么问他。"我，我，"他有点不好意思，而不能回答，"我爸爸给我！"

是的，秦妙斋的父亲是财主。不过，他不肯痛快地供给儿子钱花。这使秦妙斋时常感到痛苦。假若不是被人家问急了，他不肯轻易地提出"爸爸"来。就是偶尔地提到，他几乎要把那个最有力量的形容字——不清高——也加在他的爸爸头上去！

按照秦老者的心意，妙斋应当娶个知晓三从四德的老婆，而后一扑纳心地在家里看守着财产。假若妙斋能这样办，哪怕就是吸两口鸦片烟呢，也能使老人家的脸上纵起不少的笑纹来。可是，有钱的老子与天才的儿子仿佛天然是对头。妙斋不听调遣。他要作诗、画画，而且——最使老人伤心的——他不愿意在家里蹲着。老人没有旁的办法，只好尽量地勒着钱。尽管妙斋的平信、快信、电报，一齐来催钱，老人还是毫不动感情地到月头才给儿子汇来"点心费"。这点钱，到妙斋手里还不够还债的呢。我们的诗人，是感受着严重的压迫。挣钱去吧，既不感觉趣味，又没有任何本领；不挣钱吧，那位不清高的爸爸又是这样的吝啬！金钱上既受着压迫，他蛮想在艺术界活动起来，给精神上一点安慰。而艺术界的人们对他又是那么冷淡！他非常的灰心。有时候，他颇想模仿屈原，把天才与身体一齐投在江里去。投江是件比较难于做到的事。于是，他转而一想，打算做个青年的陶渊明。"顶好是退隐！顶好！"他自己念叨着。"世人皆浊我独清！只有退隐，没别的话好讲！"

高高的个子，长长的脸，头发像粗硬的马鬃似的，长长的，乱七八糟的，披在脖子上。虽然身量很高，可好像里面没有多少骨头，走起路来，就像个大龙虾似的那么东一扭西一躬的。眼睛没有神，而且爱在最需要注意的时候闭上一会儿，仿佛是随时都在做梦。

做着梦似的秦妙斋无意中走到了树华农场。不知道是为欣赏美景，还是走累了，他对着一株小松叹了口气，而后闭了会儿眼。

也就是上午一点钟吧，天上有几缕秋云，阳光从云隙发出一些不甚明的光，云下，存着些没有完全被微风吹散的雾。江水大体上还是黄的，只有江岔子里的已经静静地显出绿色。葡萄的叶子就快落净，茶花已顶出一些红瓣儿来。秦妙斋在鸭塘的附近找了块石头，懒洋洋地坐下。看了看四下里的山、江、花、草，他感到一阵难过。忽然地很想家，又似乎要作一两句诗，仿佛还有点触目伤情……这时候，他的感情极复杂，复杂到了既像万感俱来，又像茫然不知所谓的程度。坐了许久，他忽然在复杂混乱的心情中找到可以用话语说出来的一件事来。"我应当住在这里！"他低声对自己说。这句话虽然是那么简短，可是里边带着无限的感慨。离家，得罪了父亲，功未成，名未就……只落得独自在异乡隐退，想住在这静静的地方！他呆呆地看着池里的大白鸭，那洁白的羽毛、金黄的脚掌、扁而像涂了一层蜡的嘴，都使他心中更混乱、更空洞、更难过。这些白鸭是活的东西，不错。可是他们干吗活着呢？正如同天生下我秦妙斋来，有天才，有志愿，有理想，但是都有什么用呢？想到这里，他猛然地，几乎是身不由己地，立了起来。他恨这个世界，恨这个不叫他成名的世界！连那些大白鸭都可恨！他无意中地、顺手地捋下一把树叶，揉碎，扔在地上。他发誓，要好好地、痛快淋漓地写几篇文字，把那些有名的画家、音乐家、文学家都骂得一个小钱也不值！那群不清高的东西！

他向办公楼那面走，心中好像在说："我要骂他们！就在这里、这里，写成骂他们的文章！"

丁主任刚刚梳洗完，脸上带着夜间又赢了钱的一点喜气。他要到院中吸点新鲜空气。安闲地，手揣在袖口里，像采菊东篱下的诗人似的，他慢慢往外走。

在门口，他几乎被秦妙斋撞了个满怀。秦妙斋，大龙虾似的，往旁边一闪，照常往里走。他恨这个世界，碰了人就和碰了一块石头或一株树一样，只有不快，用不着什么客气与道歉。

丁主任，老练、安详，微笑地看着这位冒失的青年龙虾。"找谁呀？"他轻轻问了声。

秦妙斋稍一愣，没有搭理他。

丁主任好像自言自语地说："大概是个画家。"

秦妙斋的耳朵仿佛是专为听这样的话的，猛地立住，向后转，几乎是喊叫地，"你说什么？"

丁主任不知道自己的话是说对了，还是说错了，可是不便收回或改口。迟钝了一下，还是笑着，"我说，你大概是个画家。"

"画家？画家？"龙虾一边问，一边往前凑，做着梦的眼睛居然

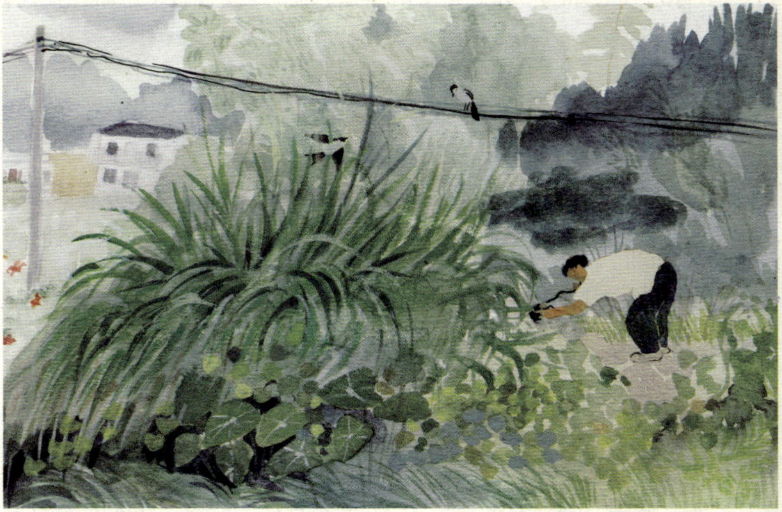

瞪圆了。

丁先生不晓得怎样回答才好,只啊啊了两声。

妙斋的眼角上汪起一些热泪,口中的热涎喷到丁主任的脸上,"画家,我是——画家,你怎么知道?"说到这里,他仿佛已筋疲力尽,像快要晕倒的样子,摇晃着、摸索着,找到一只小凳,坐下,闭上了眼睛。

丁主任还笑着,可是笑得莫名其妙,往前凑了两步。还没走到妙斋的身边,妙斋的眼睛睁开了。"告诉你,我还不仅是画家,而且是全能的艺术家!我都会!"说着,他立起来,把右手扶在丁主任的肩上。"你是我的知己!你只要常常叫我艺术家,我就有了生命!生我者父母,知我者——你是谁?"

"我?"丁主任笑着回答,"小小园丁!"

"园丁?"

"我管着这座农场!"丁主任停住了笑。"你姓什么?"毫不客气地问。

"秦妙斋,艺术家秦妙斋。你记住,艺术家和秦妙斋老得一块儿喊出来;一分开,艺术家和我就都不存在了!"

"呕!"丁主任的笑意又回到脸上,进了大厅,眼睛往四面一扫——壁上挂着些时人的字画。这些字画都不甚高明,也不十分丑恶。在丁主任眼中,它们都怪有个意思,至少是挂在这里总比四壁皆空强一些。不过,他也有个偏心眼,他顶爱那张长方的、石印的抗战门神爷,因为色彩鲜明,"真"有个意思。他的眼光停在那片色彩上。

随着丁主任的眼,妙斋也看见了那些字画,他把眼光停在了那张抗战画上。当那些色彩分明地印在了他的心上的时候,他觉到一阵恶心,像忽然要发痧似的，浑身的毛孔都像针儿刺着，出了点冷汗。定一定神，他扯着丁先生，扑向那张使他恶心的画儿去。发颤的手指，像一根挺身作战的小枪似的，指着那堆色彩，"这叫画？这叫画？用抗战来欺骗艺术，该杀！该杀！"不由分说，他把画儿扯了下来，极快地撕碎，扔在地上，用脚狠狠地揉搓，好像把全国的抗战艺术家都踩在了泥土上似的。他痛快地吐了口气。

来不及拦阻妙斋的动作，丁主任只说了一串口气不同的"唉"！

妙斋犹有余怒，手指向四壁普遍地一扫，"这全要不得！通通要不得！"

丁主任急忙挡住了他，怕他再去撕毁。妙斋却高傲地一笑，"都扯了也没有关系，我会给你画！我给你画那碧绿的江、赭色的山、红的茶花、雪白的大鸭！世界上有那么多美丽的东西，为什么单单去画去写去唱血腥的抗战？混蛋！我要先写几篇文章，臭骂，臭骂那群侮辱艺术的东西们。然后，我要组织一个真正艺术家的团体，一同主张——主张——清高派，暂且用这个名儿吧，清高派的艺术！我想你必赞同？"

"我？"丁主任不知怎样回答。

"你当然同意！我们就推你做会长！我们就在这里作画、治乐、写文章！"

"就在这里？"丁主任脸上有点不大得劲，用手摸了摸。

"就在这里！今天我就不走啦！"妙斋的嘴犄角直往外溅水星儿，"想想看，把这间大厅租给我，我爸爸有钱，你要多少我给多少。然后，我们艺术家们给你设计，把这座农场变成最美的艺术之家、艺术乐园！多么好！多么好！"

丁主任似乎得到一点灵感。口中随便用"要得""不错"敷衍着，

019

心中可打开了算盘。在那次股东会上，虽然股东们对他没有什么决定的表示，可是他自己看得清清楚楚，大家对他多少有点不满意。他应当把事情调整一下，叫大家看看，他不是没有办法的人。是呀，这里的大厅闲着没有用，楼上也还有三间空房，为什么不租出去、进点租钱呢？况且这笔租金用不着上账，即使叫股东们知道了，大家还能为这点小事来质问吗？对！他决定先试一试这位艺术家。"秦先生，这座大厅咱们大家合用，楼上还有三间空房，你要就得都要，一年一万块钱，一次交清。"

妙斋闭了眼，"好啦，一言为定！我给爸爸打电报要钱。"

"什么时候搬进来？"丁主任有点后悔。交易这么容易成功，想必是要少了钱。但是，再一想，三间房，而且在乡下，一万元应当不算少。管它呢，先进一万再说别的！"什么时候搬进来？"

"现在就算搬进来了！"

"啊？"丁主任有点悔意了，"难道你不去拿行李什么的？"

"没有行李，我只有一身的艺术！"妙斋得意地哈哈地笑起来。

"租金呢？"

"那，你尽管放心。我马上打电报去！"

秦妙斋就这样地侵入了树华农场。不到两天，楼上已住满他的朋友。这些朋友，有男有女，有老有少，都时来时去，而绝对不客气。他们要床，便见床就搬了走；要桌子，就一声不响地把大厅的茶几或方桌拿了去。对于鸡鸭菜果，他们的手比丁主任还更狠，永远是理直气壮地拿起就吃。要摘花他们便整棵地连根儿拔出来。农场的工友甚至于须在夜间放哨，才能抢回一点东西来！

可是，丁主任和工友们都并不讨厌这群人。首要的因为这群人中老有女的,而这些女的又是那么大方随便,大家至少可以和他们开句小玩笑。她们仿佛给农场带来了一种新的生命。其次,讲到打牌,人家秦妙斋有艺术家的态度,输了也好,赢了也好,赌钱也好,赌花生米也好,一坐下起码二十四圈。丁主任原是不屑于玩花生米的,可是妙斋的热情感动了他,他不好意思冷淡地谢绝。

丁主任的心中老挂念着那一万元的租金。他时常调动着心思与语言,在最适当的机会暗示出催钱的意思。可是妙斋不接受暗示。虽然如此,丁主任可是不忍把妙斋和他的朋友撵出去。一来是,他打听出来,妙斋的父亲的的确确是位财主。那么,假若财主一旦死去,妙斋岂不就是财产的继承人?"要把眼光放远一些!"丁主任常常这样警诫自己。二来是,妙斋与他的友人们,在实在没有事可干的时候,总是坐在大厅里高谈艺术。而他们的谈论艺术似乎专为骂人。他们把国内有名的画家、音乐家、文艺作家,特别是那些尽力于抗战宣传的,提名道姓地一个一个挨次咒骂。这,使丁主任闻所未闻。慢慢地,他也居然记住了一些艺术家的姓名。遇到机会,他能说上来他们的一些故事,仿佛他同艺术家们都是老朋友似的。这,使与他来往的商人或闲人感到惊异,他自己也得到一些愉快。还有,当妙斋们把别人咒腻了,他们会得意地提出一些社会上的要人来,"是的,我们要和他取得联络,来建设起我们自己的团体来!那,我可以写信给他;我要明白地告诉他,我们都是真正清高的艺术家!"……提到这些要人,他们大家口中的唾液都好像甜蜜起来,眼里发着光。"会长!"他们在谈论要人之后,必定这样叫丁主任,"会长,你看怎样?"丁主任自己感到身量又高了一寸似的!他不由得怜爱了这群人,因为他们既可以去与要人取得联络,而且还把他自己视为要人之一!他不便发表什么意见,可是常常和妙斋肩并肩地在院中散步。他好像完全了解妙斋的怀才不遇，妙斋微叹，他也同情地点着头。二人成了莫逆之交！

丁主任爱钱，秦妙斋爱名，虽然所爱的不同，可是在内心上二人有极相近的地方，就是不惜用卑鄙的手段取得所爱的东西。因此，丁主任往往对妙斋发表些难以入耳的最下贱的意见，妙斋也好好地静听，并不以为可耻。

眨眨眼，到了阳历年。

除夕，大家正在打牌，宪兵从楼上抓走两位妙斋的朋友。

丁主任口里直说"没关系"，心中可是有点慌。他久走江湖，晓得什么是利、哪是害。宪兵从农场抓走了人，起码是件不体面的事，先不提更大的干系。

秦妙斋丝毫没感到什么。那两位被捕的人是谁？他只知道他们的姓名，别的一概不清楚。他向来不细问与他来往的人是干什么的。只要人家捧他、叫他艺术家，他便与人家交往。因此，他有许多来往的人，而没有真正的朋友。他们被捕去，他绝对没有想到去打听打听消息，更不用说去营救了。有人被捕去，和农场丢失两只鸭子一样无足轻重。本来嘛，神圣的抗战，死了那么多的人，流了那么多的血，他都无动于衷，何况是捕去两个人呢？当丁主任顺口搭音地盘问他的时候，他只极冷淡地说："谁知道！枪毙了也没法子呀！"

丁主任，连丁主任，也感到一点不自在了。口中不说，心里盘算着怎样把妙斋赶出去。"好嘛，给我这儿招来宪兵，要不得！"他自己念叨着。同时，他在表情上、举动上，不由得对妙斋冷淡多了。他有点看不起妙斋。他对一切不负责任，可是他心中还有"朋友"这个观念。他看妙斋是个冷血动物。

妙斋没有感觉出这点冷淡来。他只看自己，不管别人的表情如何、举动怎样。他的脑子只管计划自己的事，不管替别人思索任何一点什么。

慢慢地，丁主任打听出来：那两位被捕的人是有汉奸的嫌疑。他们的确和妙斋没有什么交情，但是他们口口声声叫他艺术家，于是他就招待他们，甚至于允许他们住在农场里。平日虽然不负责任，可是一出了乱子，丁主任觉出自己的责任与身份来。他依然不肯当面告诉妙斋，"我是主任，有人来往，应当先告诉我一声。"但是，他对妙斋越来越冷淡。他想把妙斋"冰"了走。

到了一月中旬，局势又变了。有一天，忽然来了一位有势力、与场长最相好的股东。丁主任知道事情要不妙。从股东一进门，他便留了神，把自己的一言一笑都安排得像蜗牛的触角似的，去试探、警惕。一点不错，股东暗示给他，农场赔钱，还有汉奸随便出入，丁主任理当辞职。丁主任没有否认这些事实，可也没有承认。他说着笑着，态度极其自然。他始终不露辞职的口气。

股东告辞，丁主任马上找了秦妙斋去。秦妙斋是——他想——财主的大少爷，他须起码叫少爷明白，他现在是替少爷背了罪名。再说，少爷自称为文学家，笔底下一定很好，心路也多，必定能替他给全体股东写封极得体的信。是的，就用全体职工的名义，写给股东们，一致挽留丁主任。不错，秦妙斋是个冷血动物，但是，"我走，他也就住不下去了！他还能不卖气力吗？"丁主任这样盘算好，每个字都裹了蜜似的，在门外呼唤："秦老弟！艺术家！"

秦妙斋的耳朵竖了起来，龙虾的腰挺直，他准备参加战争。世界对他冷淡得太久了，他要挥出拳头打个热闹，不管是为谁，和为什么！"宁自一把火把农场烧得干干净净，我们也不能退出！"他喷了丁主任一脸唾沫星儿，倒好像农场是他一手创办起来似的。

丁主任的脸也增加了血色。他后悔前几天那样冷淡了秦妙斋，现在只好一口一个"艺术家"地来赎罪。谈过一阵，两个人亲密得很有些像双生的兄弟。最后，妙斋要立刻发动他的朋友，"我们马上放哨，一直放到江边。他们假若真敢派来新主任，我就会叫他怎么来，怎么滚回去！"同时，他召集了全体职工，在大厅前开会。他蹲在一块石头上，声色俱厉地演说了四十分钟。

妙斋在演说后，成了树华农场的灵魂。不但丁主任感激，就是职员与工友也都称赞他，"人家姓秦的实在够朋友！"

大家并不是不知道，秦先生并不见得有什么高明的确切的办法。不过，闹风潮是赌气的事，而妙斋恰好会把大家的感情激动起来，大家就没法不承认他的优越与热烈了。大家甚至于把他看得比丁主任还重要，因为丁主任虽然是手握实权，而且相当地有办法，可是他到底是多一半为了自己；人家秦先生呢，根本与农场无关，纯粹是路见不平、拔刀相助。这样，秦先生白住房、偷鸡蛋，与其他一切小小的罪过，都变成了理所当然的事。他，在大家的眼中，现在完全是个侠肠义胆的可爱可敬的人。

丁主任有十来天不在农场里。他在城里，从股东的太太与小姐那里下手，要挽回他的颓势。至于农场，他以为有妙斋在那里，就必会把大家团结得很坚固，一定不会有内奸，捣他的乱。他把妙斋看成了一座精神堡垒！等到他由城中回来，他并没对大家公开地说什么，而只时常和妙斋有说有笑地并肩而行。大家看着他们，心中都得到了安慰，甚至于有的人喊出："我们胜利了！"

农场糟到了极度。那喊叫"我们胜利了"的，当然更肆无忌惮，几乎走路都要模仿螃蟹;那稍微悲观一些的,总觉得事情并不能这么容易得到胜利,于是抱着干一天算一天的态度,而拼命往手中搂东西,好像是说:"滚蛋的时候,就是多拿走一把小镰刀也是好的!"

旧历年是丁主任的一"关"。表面上,他还很镇定,可是喝了酒便爱发牢骚。"没关系!"他总是先说这一句,给自己壮起胆气来。慢慢地,血液循环的速度增加了,他身上会忽然出点汗。想起来了:张太太——张股东的二夫人——那里的年礼送少了!他愣一会儿,然后自言自语地说:"人事,都是人事。把关系拉好,什么问题也没有!"酒力把他的脑子催得一闪一闪的,忽然想起张三,忽然想起李四,"都是人事问题!"

新年过了,并没有任何动静。丁主任的心像一块石头落了地。新年没有过好,必须补充一下。于是一直到灯节,农场中的酒气牌声始终没有断过。

灯节后的那么一天,已是早晨八点,天还没甚亮。浓厚的黑雾不但把山林都藏起去,而且把低处的东西也笼罩起来,连房屋的窗子都像挂起黑的帘幕。在这大雾之中,有些小小的雨点,有时候飘飘摇摇地像不知落在哪里好,有时候直滴下来,把雾色加上一些黑暗。农场中的花木全静静地低着头,在雾中立着一团团的黑影。农场里没有人起来,梦与雾好像打成了一片。

大雾之后容易有晴天。在十点钟左右,雾色变成红黄,一轮红血的太阳时时在雾薄的时候露出来,花木叶子上的水点都忽然变成小小的金色的珠子。农场开始有人起床。秦妙斋第一个起来,在院中绕了一个圈子。正走在大藤萝架下,他看见石板路上来了三个人。最前面的是一位女的,矮身量,穿着不知有多少衣服,像个油篓似的慢慢往前走，走得很吃力。她的后面是个中年的挑夫，挑着一大一小两只旧皮箱，和一个相当大的、风格与那位女人相似的铺盖卷，挑夫的头上冒着热汗。最后，是一位高身量的汉子，光着头，发很长，穿着一身不体面的西服，没有大衣，他的肩有些向前探着，背微微有点弯。他的手里拿着个旧洋瓷的洗脸盆。

秦妙斋以为是他自己的朋友呢，他立在藤萝架旁，等着和他们打招呼。他们走近了，不相识。他还没动，要细细看看那个女的，对女的他特别感兴趣。那个大汉，好像走得不耐烦了，想赶到前边来，可是石板路很窄，而挑夫的担子又微微地横着，他不容易赶过来。他想踏着草地绕过来，可是脚已迈出，又收了回去，好像很怕踏损了一两根青草似的。到了藤架前，女的立定了，无聊地、含怨地、轻叹了一声。挑夫也立住。大汉先往四下一望，而后挤了过来。这时候，太阳下面的雾正薄得像一片飞烟，把他的眉眼都照得发光。他的眉眼很秀气，可是像受过多少无情的折磨似的，他的俊秀只是一点残余。他的脸上有几条来早了十年的皱纹。他要把脸盆递给女人，她没有接取的意思。她仅"啊"了一声，把手缩回去。大概她还要夸赞这农场几句，可是，随着那声"啊"，她的喜悦也就收敛回去。阳光又暗了一些，他们的脸上也黯淡了许多。

那个女的不甚好看。可是，眼睛很奇怪，奇怪得使人没法不注意她。她的眼老像有什么心事——像失恋，损伤了儿女或破产那类的大事——那样地定着，对着一件东西定视，好久才移开，又去定视另一件东西。眼光移开，她可是仿佛并没看到什么。当她注意一个人的时候，那个人总以为她是一见倾心，不忍转目。可是，当她移开眼光的时节，他又觉得她根本没有看见他。她使人不安、惶惑，可是也感到有趣。小圆脸，眉眼还端正，可是都平平无奇。只有在她注视你的时候，你才觉得她并不难看，而且很有点热情。及至她又去对别的人，或别的东西愣起来，你就又有点可怜她，觉得她不是受过什么重大的刺激，就是天生的有点白痴。

现在，她扭着点脸，看着秦妙斋。妙斋有点兴奋，拿出他自认为最美的姿态，倚在藤架的柱子上，也看着她。

"哪个叨？"挑案不耐烦了，"走不走嘛？"

"明霞，走！"那个男人毫无表情地说。

"干什么的？"妙斋的口气很不客气地问他，眼睛还看着明霞。

"我是这里的主任。"那个男的一边说，一边往里走。

"啊？主任？"妙斋挡住他们的去路。"我们的主任姓丁。"

"我姓尤，"那个男的随手一拨，把妙斋拨开，还往前走，"场长派来的新主任。"

秦妙斋愣住了，闭了一会儿眼，睁开眼，他像条被打败了的狗似的，从小道跑进去。他先跑到大厅。"丁，老丁！"他急切地喊，"老丁！"

丁主任披着棉袍，手里拿着条冒热气的毛巾，一边擦脸，一边从楼上走下来。

"他们派来了新主任！"

"啊？"丁主任停止了擦脸，"新主任？"

"集合！集合！叫他怎么来的怎么滚回去！"妙斋回身想往外跑。

丁主任扔了毛巾，双手撩着棉袍，几步就把妙斋赶上，拉住。"等等！你上楼去，我自有办法！"

妙斋还要往外走，丁主任连推带搡，把他推上楼去。而后，把钮子扣好，稳重庄严地走出来。拉开门，正碰上尤主任。满脸堆笑地，他向尤先生拱手,"欢迎!欢迎!欢迎新主任!这是——"他的手向明霞高拱。没有等尤主任回答,他亲热地说:"主任太太吧?"紧跟着,他对挑案下了命令:"拿到里边来嘛!"把夫妻让进来,看东西放好,他并没有问多少钱雇来的,而把大小三张钱票交给挑案——正好比雇定的价钱多了五角。

尤主任想开门见山地问农场的详情,但是丁务源忙着喊开水、洗脸水,吩咐工友打扫屋子,丝毫不给尤主任说话的机会。把这些忙完,他又把明霞大嫂长大嫂短地叫得震心,一个劲儿和她扯东道西。尤主任几次要开口,都被明霞给截了回去。乘着丁务源出去那会儿,她责备丈夫,"那些事,干吗忙着问,日子长着呢,难道你今天就办公?"

第一天一清早,尤主任就穿着工人装,和工头把农场每一个角落都检查到,把一切都记在小本儿上。回来,他催丁主任办交代。丁主任答应三天之内把一切办理清楚。明霞又帮了丁务源的忙,把三天改成六天。

一点合理的错误,使人抱恨终身。尤主任——他叫大兴——是在英国学园艺的。毕业后便在母校里做讲师。他聪明、强健、肯吃苦。做起"试验"来,他的大手就像绣花的姑娘那么轻巧、准确、敏捷。做起用力的工作来,他又像一头牛那样强壮、耐劳。他喜欢在英国,因为他不善应酬、办事认真,准知道回到祖国必被他所痛恨的虚伪与无聊给毁了。但是,抗战的喊声震动了全世界。他回了国。他知道农业的重要,和中国农业的急应改善。他想在一座农场里,或一间实验室中,把他的血汗献给国家。

回到国内,他想结婚。结婚,在他心中,是一件必然的、合理的事。结了婚,他可以安心地工作,身体好,心里也清静。他把恋爱视成一种精力的浪费。结婚就是结婚，结婚可以省去许多麻烦，别的事都是多余，用不着去操心。于是，有人把明霞介绍给他，他便和她结了婚。这很合理，但是也是个错误。

明霞的家里有钱。尤大兴只要明霞，并没有看见钱。她不甚好看，大兴要的是一个能帮助他的妻子，美不美没有什么关系。明霞失过恋，曾经想自杀，但这是她的过去的事，与大兴毫不相干。她没有什么本领，但在大兴想，女人多数是没有本领的。结婚后，他曾以身作则地去吃苦耐劳，教育她，领导她，只要她不瞎胡闹，就一切不成问题。他娶了她。

明霞呢，在结婚之前，颇感到些欣悦。不是因为她得到了理想爱人——大兴并没请她吃过饭，或给她买过鲜花——而是因为大兴足以替她雪耻。她以前所爱的人抛弃了她，像随便把一团废纸扔在垃圾堆上似的。但是，她现在有了爱人，她又可以仰着脸走路了。

在结婚后，她的那点欣悦和婚礼时戴的头纱差不多，永远收藏起去了。她并不喜欢大兴。大兴对工作的努力、对金钱的冷淡、对三姑六姨的不客气，都使她感到苦痛。但是，当有机会夫妇一道走的时候，她还是紧紧地拉着他，像将被溺死的人紧紧抓住一把水草似的。无论如何，他是一面雪耻的旗帜，她不能再把这面旗随便扔在地上！

大兴的努力、正直、热诚，使自己到处碰壁。他所接触到的人，会慢慢很巧妙地把他所最珍视的"科学家"三个字变成一种嘲笑。他们要喝酒去，或是要办一件不正当的事，就老躲开"科学家"。等到"科学家"天天成为大家开玩笑的用语，大兴便不能不带着太太另找吃饭的地方去！明霞越来越看不起丈夫。起初，她还对他发脾气，哭闹一阵。后来，她知道哭闹是毫无作用的，因为大兴似乎没有感情，她闹她的气，他做他的事。当她自己把泪擦干了，他只看她一眼，而后问一声："该做饭了吧？"她至少需要一个热吻，或几句热情的安慰；他至多只拍拍她的脸蛋。他决不问闹气的原因与解决的办法，而只谈他的工作。工作与学问是他的生命，这个生命不许爱情来分润一点利益。有时候，他也在她发气的时候，偷偷弹去自己的一颗泪，但是她看得出，这只是怨恨她不帮助他工作，而不是因为爱她，或同情她。只有在她病了的时候，他才真像个有爱心的丈夫，他能像做试验时那么细心来看护她。他甚至于坐在床边，拉着她的手，给她说故事。但是，他的故事永远是关于科学的。她不爱听，也就不感激他。及至医生说，她的病已不要紧了，他便马上去工作。医生是科学家，医生的话绝对不能有错误。他丝毫没想到病人在没有完全好了的时候还需要安慰与温存。

她不能了解大兴，又不能离婚，她只能时时地定睛发呆。

现在，她又随着大兴来到树华农场。她已经厌恶了这种搬行李、拿着洗脸盆的流浪生活。她做过小姐，她愿有自己的固定的款式的家庭。她不能不随着他来。但是既来之则安之，她不愿过十天半月又走出去。她不能辨别谁好谁坏、谁是谁非，但是她决定要干涉丈夫的事，不叫他再多得罪人。她这次须起码把丈夫的正直刚硬冲淡一些，使大家看在她的面上原谅了尤大兴。她开首便帮忙了丁务源，还想敷衍一切活的东西，就连院中的大鹅，她也想多去喂一喂。

尤主任第一个得罪了秦妙斋。秦妙斋没有权利住在这里，请出！秦妙斋本没有任何理由充足的话好说，但是他要反驳。说着说着，他找到了理由，"你为什么不称呼我为艺术家呢？"凭这个侮辱，他不能搬走！"咱们等着瞧吧，看谁先搬出去！"

尤主任只知道守法讲理是当然的事。虽然回国以后，已经受过多少不近情理的打击，可是还没遇见这么荒唐的事。他动了气，想请警察把妙斋捉出去。这时候，明霞又帮了妙斋的忙，替他说了许多"不要太忙，他总会顺顺当当地搬出去"……

妙斋和丁务源开了一个秘密会议。妙斋主战，丁务源主和，但是在妙斋说了许多强硬的话之后，丁务源也同意了主战。他称赞妙斋的勇敢，呼他为侠义的艺术家。妙斋感激得几乎晕了过去。

事实上，丁务源绝对不想和尤主任打交手战。在和妙斋谈过话之后，他决定使妙斋和尤大兴作战，而他自己充好人。同时，关于他自己的事，他必定先和明霞商议一下，或者请她去办交涉。他避免与尤主任做正面冲突。见着大兴，他永远摆出使人信任的笑脸，他知道出去另找事做不算难，但是找与农场里这样舒服而收入又高的事就不大容易。他决定用"忍"字对付一切。假若妙斋与工人们把尤主任打了，他便可以利用机会复职。即使一时不能复职，他也会运动明霞和股东太太们，叫他做个副主任。他这个副主任早晚会把正主任顶出去，他自信有这个把握，只要他能忍耐。把妙斋与明霞埋伏在农场，他进了城。

尤主任急切地等着丁务源办交代，交代了之后，他好通盘地计划一切。但是，丁务源进了城。他非常着急。拿人一天的钱，他就要做一天的事，他最恨敷衍与慢慢地拖。在他急得要发脾气的时候，明霞的眼又定住了。半天，她才说话，"丁先生不会骗你，他一两天就回来，何必这么着急呢？"

大兴并不因妻的劝告而消了气，但是也不因生气而忘了做事。他会把怒气压在心里，而手脚还去忙碌。他首先贴出布告：大家都要六时半起床，七时上工。下午一点上工，五时下工。晚间九时半熄灯上门，门不再开。在大厅里，他贴好：办公重地，闲人免进。而后，他把写字台都搬了来,职员们都在这里办事——都在他眼皮底下办事。办公室里不准吸烟,解渴只有白开水。

命令下过后,他以身作则地,在壁钟正敲七点的时节,已穿好工人装,在办公厅门口等着大家。丁务源的"亲兵"都来得相当的早,因为他们知道自己毫无本事,而他们的靠山能否复职又无把握,所以他们得暂时低下头去。他们用按时间做事来遮掩他们的不会做事。有的工人迟到,受了秦妙斋的挑拨,他们故意和新主任捣乱。

尤主任忍耐地等着。等大家都来齐,他并没发脾气,也没说闲话。开门见山地,他分配了工作,他记不清大家的姓名,但是他的眼睛会看,谁是有经验的工人,谁是混饭吃的。对混饭吃的,他打算一律撤换,但在没有撤换之前,他也给他们活儿做——"今天,你不能白吃农场的饭。"他心里说。

"你们三位,"他指定三个工人,"去把葡萄枝子全剪了。不打枝子,下一季没法结葡萄。限两天打完。"

"怎么打?"一个工人故意为难。

"我会告诉你们!我领着你们去做!"然后,他给有经验的工人全分配了工作,"你们三位给果木们涂灰水,该剥皮的剥皮,该刻伤的刻伤,回来我细告诉你们。限三天做完。你们二位去给菜蔬上肥。你们三位去给该分根的花草分根……"然后,轮到那些混饭吃的,"你们二位挑沙子,你们俩挑水,你们二位去收拾牛羊圈……"

混饭吃的都噘了嘴。这些事,他们能做,可是多么费力气,多么肮脏呢!他们往四下里找,找不到他们的救主丁务源的胖而发光的脸。他们祷告:"快回来呀!我们已经成了苦力!"

那些有经验的工人,知道新主任所吩咐的事都是应当做的。虽然他所提出的办法，有和他们的经验不甚相同的地方，可是人家一定是内行。及至尤主任同他们一齐下手工作，他们看出来，人家不但是内行，而且极高明。凡是动手的，尤主任的大手是那么准确、敏捷。凡是要说出道理的地方，尤主任三言五语说得那么简单、有理。从本事上看，从良心上说，他们无从，也不应当，反对他。假若他们还愿学一些新本事、新知识的话，他们应该拜尤主任为师。但是，他们的良心已被丁务源给蚀尽。他们的手还记得白板的光滑，他们的口还咂摸着大曲酒的香味；他们恨恶镰刀与大剪，恨恶院中与山上的新鲜而寒冷的空气。

现在，他们可是不能不工作，因为尤主任老在他们的身旁。他由葡萄架跑到果园，由花畦跑到菜园，好像工作是最可爱的事。他不叱喝人，也不着急，但是他的话并不客气，老是一针见血地使他们在反感之中又有点佩服。他们不能偷闲，尤主任的眼与脚是同样快的：他们刚要放下活儿，他就忽然来到，问他们怠工的理由。他们答不出。要开水吗？开水早送到了。热腾腾的一大桶。要吸口烟吗？有一定的时间。他们毫无办法。

他们只好低着头工作，心中憋着一股怨气。他们白天不能偷闲，晚间还想照老法，去捡几个鸡蛋什么的。可是主任把混饭的人们安排好，轮流值夜班。"一摸鸡鸭的裆儿，我就晓得正要下蛋，或是不久就快下蛋了。一天该收多少蛋，我心中大概有个数目，你们值夜，夜间丢失了蛋，你们负责！"尤主任这样交派下去。好了，连这条小路也被封锁了！

过了几天，农场里一切差不多都上了轨道。工人们到底容易感化。他们一方面恨尤主任，一方面又敬佩他。及至大家的生活有了条理，他们不得不减少了恨恶，而增加了敬佩。他们晓得他们应当这样工作、这样生活。渐渐地,他们由工作和学习上得到些愉快,一种与牌酒场中不同的、健康的愉快。

尤主任答应下,三个月后,一律可以加薪,假若大家老按着现在这样去努力。他也声明:大家能努力,他就可以多做些研究工作,这种工作是有益于民族国家的。大家听到民族国家的字样,不期然而然都受了感动。他们也愿意多学习一点技术,尤主任答应下给他们每星期开两次晚班,由他主讲园艺的问题。他也开始给大家筹备一间游艺室,使大家得到些正当的娱乐。大家的心中,像院中的花草似的,渐渐发出一点有生气的香味。

不过,向上的路是极难走的。理智上的崇高的决定,往往被一点点浮浅的低卑的感情所破坏。情感是极容易发酒疯的东西。有一天,尤大兴把秦妙斋锁在了大门外边。九点半锁门,尤主任决不宽限。妙斋把场内的鸡鹅牛羊全吵醒了,门还是没有开。他从藤架的木柱上,像猴子似的爬了进来,碰破了腿,一瘸一点地,他摸到了大厅,也上了锁。他一直喊到半夜,才把明霞喊动了心,把他放进来。

由尤主任的解说,大家已经晓得妙斋没有住在这里的权利,而严守纪律又是合理的生活的基础。大家知道这个,可是在感情上,他们觉得妙斋是老友,而尤主任是新来的,管着他们的人。他们一想到妙斋,就想起前些日子的自由舒适,他们不由得动了气,觉得尤主任不近人情。他们一一地来慰问妙斋,妙斋便乘机煽动,把尤大兴形容得不像人。"打算自自在在地活着,非把那个猪狗不如的东西打出去不可!"他咬着牙对他们讲。"不过,我不便多讲,怕你们没有胆子!你们等着瞧吧,等我的腿好了,我独自管教他一顿,叫你们看看!"

他们的怒气被激起来,大家都不约而同地留神去找尤大兴的破绽,好借口打他。

尤主任在大家的神色上，看出来情势不对，可是他的心里自知无病，绝对不怕他们。他甚至于想到，大家满可以毫无理由地打击他、驱逐他，可是他决不退缩、妥协。科学的方法与法律的生活，是建设新中国的必经的途径。假若他为这两件事而被打，好吧，他愿做了殉道者。

一天，老刘值夜。尤主任在就寝以前，去到院中查看，他看见老刘私自藏起两个鸡蛋。他不能睁着一只眼、闭着一只眼地敷衍。他过去询问。

老刘笑了，"这两个是给尤太太的！"

"尤太太？"大兴仿佛不晓得明霞就是尤太太。他愣住了。及至想清楚了，他像飞了似的跑回屋中。

明霞正要就寝。平平的黄圆脸上没有任何表情，她坐在床沿上，定睛看着对面的壁上——那里什么也没有。

"明霞！"大兴喘着气叫，"明霞，你偷鸡蛋？"

她极慢地把眼光从壁上收回，先看看自己拖鞋尖的绣花，而后才看丈夫。

"你偷鸡蛋？"

"啊！"她的声音很微弱，可是一种微弱的反抗。

"为什么？"大兴的脸上发烧。

"你呀，到处得罪人，我不能跟你一样！我为你才偷鸡蛋！"她的脸上微微发出点光。

"为我？"

"为你！"她的小圆脸更亮了些，像是很得意，"你对他们太严，一草一木都不许私自动。他们要打你呢！为了你，我和他们一样地去拿东西，好叫他们恨你而不恨我。他们不恨我，我才能为你说好话，不是吗？自己想想看！我已经攒了三十个大鸡蛋了！"她得意地从床下拉出一个小筐来。

尤大兴立不住了。脸上忽然由红而白。摸到一个凳子，坐下，手在膝上微颤。他坐了半夜，没出一声。

第二天一清早，院里外贴上标语，都是妙斋编写的。"打倒无耻的尤大兴！""拥护丁主任复职！""驱逐偷鸡蛋的坏蛋！""打倒法西斯的走狗！""消灭不尊重艺术的魔鬼！"……

大家罢了工，要求尤大兴当众承认偷蛋的罪过，而后辞职，否则以武力对待。

大兴并没有丝毫惧意，他准备和大家谈判。明霞扯住了他。乘机会，她溜出去，把屋门倒锁上。

"你干吗？"大兴在屋里喊，"开开！"

她一声没出，跑下楼去。

丁务源由城里回来了，他已把副主任弄到手。"喝！"他走到石板路上，看见剪了枝的葡萄，与涂了白灰的果树，"把葡萄剪得这么苦。连根刨出来好不好！树也擦了粉，硬是要得！"

进了大门，他看到了标语。他的脚踵上像忽然安了弹簧，一步催着一步地往院中走，轻巧、迅速；心中也跳得轻快、好受；口里将一个标语按照二黄戏的格式哼唧着。这是他所希望的，居然实现了！"没想到能这么快！妙斋有两下子！得好好地请他喝两杯！"他口中唱着标语，心中还这么念道。

刚一进院子，他便被包围了。他的"亲兵"都喜欢得几乎要落泪。其余的人也都像看见了久别的手足，拉他的、扯他的、拍他肩膀的，乱成一团；大家的手都要摸一摸他，他的衣服好像是活菩萨的袍子似的，挨一挨便是功德。他们的口一齐张开，想把冤屈一下子都倾泻出来。他只听见一片声音，而辨不出任何字来。他的头向每一个人点一点，眼中的慈祥的光儿射在每一个人的身上，他的胖而热的手指挨一挨这个、碰一碰那个。他感激大家，又爱护大家。他的态度既极大方，又极亲热。他的脸上发着光，而眼中微微发湿。"要得！""好！""呕！""他妈拉个巴子！"他随着大家脸上的表情，变换这些字眼儿。最后，他向大家一举手，大家忽然安静了。"朋友们，我得先休息一会儿，小一会儿。然后咱们再详谈。不要着急生气，咱们都有办法，绝对不成问题！"

"请丁主任先歇歇！让开路！别再说！让丁主任休息去！"大家纷纷喊叫。有的还恋恋不舍地跟着他，有的立定看着他的背影，连连点头赞叹。

丁务源进了大厅，想先去看妙斋。可是，明霞在门旁等着他呢。

"丁先生！"她轻轻地，而是急切地，叫，"丁先生！"

"尤太太！这些日子好吗？要得！"

"丁先生！"她的小手揉着条很小的、花红柳绿的手帕，"怎么办呢？怎么办呢？"

"放心！尤太太！没事！没事！来！请坐！"他指定了一张椅子。

明霞像做错了事的小女孩似的，乖乖地坐下，小手还用力揉那条手帕。

"先别说话，等我想一想！"丁务源背着手，在屋中沉稳而有风度地走了几步，"事情相当的严重，可是咱们自有办法。"他又走了几步，摸着脸蛋，深思细想。

明霞沉不住气了，立起来，迫着他问："他们真要打大兴吗？"

"真的！"丁副主任斩钉截铁地回答。

"那怎么办呢？怎么办呢？"明霞把手帕团成一个小团，用它擦了擦鼻洼与嘴角。

"有办法！"丁务源大大方方地坐下。"你坐下，听我告诉你，尤太太！咱们不提谁好谁歹、谁是谁非，咱们先解决这件事，是不是？"

明霞又乖乖地坐下，连声说："对！对！"

"尤太太看这么办好不好？"

"你的主意总是好的！"

"这么办：交代不必再办，从今天起请尤主任把事情还全交给我办，他不必再分心。"

"好！他一向太爱管事！"

"就是呀！叫他给场长写信，就说他有点病，请我代理。"

"他没有病，又不爱说谎！"

"在外边混事，没有不扯谎的！为他自己的好处，他这回非说谎不可！"

"呕！好吧！"

"要得！请我代理两个月，再叫他辞职，有头有脸地走出去，面子上好看！"

明霞立起来，"他得辞职吗？"

"他非走不可！"

"那……"

"尤太太，听我说！"丁务源也立起来，"两个月，你们照常支薪，还住在这里，他可以从容地去找事。两个月之中，六十天工夫，还找不到事吗？"

"又得搬走？"明霞对自己说，泪慢慢地流下来。愣了半天，她忽然吸了一吸鼻子，用尽力量地说："好！就是这么办啦！"她跑上楼去。

开开门一看，她的腿软了，坐在了地板上。尤大兴已把行李打好，拿着洗面盆，在床沿上坐着呢。

沉默了好久，他一手把明霞搀起来，"对不起你，霞！咱们走吧！"

院中没有一个人，大家都忙着杀鸡宰鸭，欢宴丁主任，没工夫再注意别的。自己挑着行李，尤大兴低着头向外走。他不敢看那些花草树木——那会叫他落泪。明霞不知穿了多少衣服，一手提着那一小筐鸡蛋，一手揉着眼泪，慢慢地在后面走。

树华农场恢复了旧态，每个人都感到满意。丁主任在空闲的时候，到院中一小块一小块地往下撕那些各种颜色的标语，好把尤大兴完全忘掉。

不久，丁主任把妙斋交给保长带走，而以一万五千元把空房租给别人，房租先付，一次付清。

到了夏天，葡萄与各种果树全比上年多结了三倍的果实，仿佛只有它们还记得尤大兴的培植与爱护似的。

果子结得越多，农场也不知怎么越赔钱。

新爱弥耳

虽然我的爱弥耳活到八岁零四个月十二天就死了,我并不怀疑我的教育方法有什么重大的错误;小小的疏忽或者是免不了的,可是由大体上说,我的试验是基于十分妥当的原理上。即使他的死是由于某一个小疏忽,那正是试验工作所应有的;科学的精神不怕错误,而怕不努力改正错误。设若我将来有个"新爱弥耳第二",我相信必能完全成功,因为我已有了经验,知道避免什么和更注意什么。那么,我的爱弥耳虽不幸死去,我并不伤心;反之,我却更高兴地等待着我将来的成功。在这种培养儿童的工作上,我们用不着动什么感情。

可惜我很忙,不能把我的经验完全写下来;我只能粗枝大叶地写下一点,等以后有工夫再作那详细的报告。不过,我确信这一点点记录也满可以使世人永不再提起卢梭那部著作了。

爱弥耳生下来的时候是体重六磅半,不太大,也不太小,正合适。刚一出世,他就哭了。我马上教训了他一番:朋友!闭上你的嘴!生命就是奋斗,战争;哭便是示弱,你当然知道这个;那么,这第一次的也就是,我命令你,第末次的毛病!他又呀呀了几声,就不再哭了。

从此以后直到他死,他永没再哭出声来过;我的勇敢的爱弥耳!(请原谅我的伤感!)

过了三天,我便把他从母亲怀中救出来,由我负一切的教养责任。多么有教育与本事的母亲也不可靠,既是母亲——大学教育系毕业的正如一字不识的愚妇——就有母亲的恶天性;人类的退化应归罪于全世界的母亲。每逢我看见一个少妇抱着肥胖的小孩,我就想到圣母与圣婴。即使那少妇是个社会主义者,那小娃娃将来至多也不过成个基督教社会主义者,也许成为个只有长须而不抵抗的托尔司太①。我不能教爱弥耳在母乳旁乞求生命,乖乖宝宝的被女人吻着玩着,像个小肥哈巴狗。我要他成为战士,有钢板硬的腮与心,永远把吻他的人的臭嘴碰得生疼。

我断了他的奶。母乳变成的血使人软如豆腐,使男人富于女性。爱弥耳既是男的,就得有男儿气。牛奶也不能吃,为的是避免"牛乳教育"。代替奶的最好的东西当然是面包,所以爱弥耳在生下的第四天就开始吃面包了;他将来必定会明白什么是面包问题与为什么应为面包而战。我知道面包的养分不及母乳与牛乳的丰富,可是我一点也不可怜爱弥耳的时时喊饿;饿是革命的原动力,他必须懂得饿,然后才知道什么是反抗。每当他饿的时候,我就详细地给他讲述反抗的方法与策略;面包在我手中拿着,我说什么他都得静静地听着;到了我看见他头上已有虚汗,我才把面包给他,以免他昏过去。每逢看见面包,他的眼睛是那么发光,使我不能不满意,他的确是明白了面包的价值。当他刚学会几句简单言语的时候,他已会嚷"我要面包!"嚷得是那

---

①托尔司太:现译作托尔斯泰。

样动心与激烈，简直和革命首领的喊口号一个味儿了。

因为他时常饿得慌，所以免不了的就偷一些东西吃，我并不禁止他。反之，我却惩罚他，设若他偷得不得法，或是偷了东西而轻易地承认。我下毒手打他，假如他轻易承认过错。我要养成他的狡猾。每一个战士都须像一个狐狸。为正义而战的革命者都得顶狡猾，以最卑鄙的手段完成最大的工作。可惜，爱弥耳有时候把这个弄错，而只为自己的口腹对我耍坏心路。可是，这实在是因为他年纪太小，还不完全明白我所讲说的。假若他能活到十五岁——不用再往多了说——我想他一定能够更伟大，绝对不会只为自己的利益而狡猾的。行为是应以所要完成的事业分善恶的，腐朽的道德观念使人成为废物，行为越好便越没出息。我的爱弥耳的行动已经有了明日之文化的基本训练，可惜他死得那么早，以至于他的行动不能完全证明出他的目的，那远大的目的。

爱弥耳到满了三岁的时候，不但小孩子们不喜欢跟他在一块儿玩耍，就是成人们也没有疼爱他的。这是我最得意的一点。自从他一学说话起，我就用尽了力量，教给他最正确的言语，决不许他知道一个字而不完全了解它的意义，也决不给他任何足以引起幻想的字。所以，他知道多少话就是知道了多少事，没有一点折扣，也没有一点虚无缥缈的地方。比如说吧，教给他说"月"，我就把月的一切都详细地告诉他：月的大小，月的年龄，它当初怎么形成的，和将来怎样碎裂……这都是些事实。与事实相反的都除外：月就是月；"月亮"，还有什么"月亮爷"，都不准入爱弥耳的耳朵。谁都知道月的光得自日，那么"月亮"就不通；"月亮爷"就越发胡闹了。我不能教我的爱弥耳把那个死静的月称作"爷"。至于月中有个大兔，什么嫦娥奔月等等的胡言谵语，更一点儿也不能教他知道。传说和神话是野蛮时代的玩意儿；爱弥耳是预备创造明日之文化的，他必得说人话。是的，我也给他说故事，但不是嫦娥奔月那一类的。我给他说秦始皇、汉武帝、亚力山大①、拿破仑等人的事，而尽我所能地把这些所谓的英雄形容成非常平凡的人，而且不必是平凡的好人。爱弥耳在三岁时就明白拿破仑的得志只是仗着一些机会。他不但因此而正确地明白了历史，他的地理知识也足以惊人。在我给他讲史事的时候，随时指给他各国的地图。我们也有时候讲说植物或昆虫，可是决没有青蛙娶亲，以荷叶作轿那种惑乱人心的胡扯。我们讲到青蛙，就马上捉来一只，细细地解剖开，由我来说明青蛙的构造。这样，不但他正确地明白了青蛙，而且因用小刀剖开它，也就减除了那些虚伪的爱物心。将来的人是不许有伤感的。就是对于爱弥耳自己身上的一切，我也是这样照实地给他说明。在他五岁的时候，他已有了不少的性的知识。他知道他是母亲生的，不是由树上落下来的。他晓得他的生殖器是作什么用的，正如他明白他的嘴是干什么的。五岁的爱弥耳，我敢说，实在比普通的十八九岁的大孩子还多知多懂。

可是，正因为他知道得多，知道得正确，人们可就不大喜爱他了。自然，这不是他的过错。小孩子们不能跟他玩耍，因为他明白，而他们糊涂。比如一群男女小孩在那儿"点果子名"玩，他便也不待约请而蹲在他们之中，可是及至首领叫："我的石榴轻轻慢慢地过来打三下。"他——假若他是被派为石榴——一动也不动，让大家干着急。"人不能是石榴，石榴是植物！"是他的反抗。大家当然只好教他请出了。啊！理智的胜利，与哲人的苦难！中古世纪的愚人们常常把哲人烧死，

---

①亚力山大：现译作亚历山大。

称之为魔术师、拍花子的等等。我的爱弥耳也逃不了这个灾厄呀！那些孩子所说的所玩的以"假装"为中心，假装你是姑娘，假装你是小兔，爱弥耳根本不敢假装，因为怕我责罚他。我并不反对艺术，爱弥耳设若能成个文学家，我决不会阻止他。不过，我可不能任着他成个说梦话的，一天到晚闹幻想的文学家。想象是文学因素之一，这已是前几世纪的话了。人类的进步就是对实事的认识增多了的意思；而文学始终没能在这个责任上有什么帮助。爱弥耳能成个文学家与否，我还不晓得，不过假若他能成的话，他必须不再信任想象。在我的教育程序中，从一开头儿我就不准他想象。一就是一，二就是二，假若爱弥耳把一当作二，我宁可杀了他！是的，他失掉了小朋友们，有时候显着寂苦，但这有什么关系呢，"朋友"根本是布尔乔亚的一个名词，那么爱弥耳自幼没朋友就正好。

小孩们不愿意和他玩，他们的父母也讨厌他。这是当然的，因为设若爱弥耳的世界一旦来到，这群只会教儿女们"假装"这个、"假装"那个的废物们都该一律灭绝。他们不许他们的儿女跟爱弥耳玩，因为爱弥耳太没规矩。第一样使他们以为他没规矩的就是他永远不称呼他们大叔二婶，而直接地叫"秃子的妈"，或"李顺的爸"；遇上没儿没女的中年人，他便叫"李二的妻"，或"李二"。这不是最正确的么？然而他们不爱听。他们教给孩子们见人就叫"大爷"，仿佛人们都没有姓名似的。他们只懂得教子女去谄媚，去服从——称呼人家为叔为伯就是得听叔伯的话的意思。爱弥耳是个"人"，他无须听从别人的话。他不是奴隶。没规矩，活该！第二样惹他们不喜欢而叫他野孩子的，是因为他的爽直。在我的教导监护下，而爱弥耳要是会谦恭与客气，那不是证明我的教育完全没用么？他的爽直是因为他心里充实。我敢说，他的心智与爱好在许多的地方上比成人还高明。凡是一切假的、骗人的东西，他都不能欣赏。比如变戏法、练武卖艺的一般他看见，他当时就会说，这都是假的。即使卖艺的拿着真刀真枪，他也能知道他们只是瞎比划，而不真杀真砍。他自生下来至死，没有过一件玩物：娃娃是假的，小刀枪假的，小汽车假的；我不给他假东西。他要玩，我教他用锤子砸石头，或是拿簸箕搬煤，在游戏中老与实物相接触，在玩耍中老有实在的用处。况且他也没有什么工夫去玩耍，因为我时时在教导他，训练他；我不许他知道小孩子是应该玩耍的，我告诉他工作劳动是最高的责任。因此，他不能不常得罪人。看见邻居王大的老婆脸上擦着粉，马上他会告诉她，那是白粉呀，脸原来不白呀。看见王二的女儿戴着纸花，他同样地指出来，你的花不香呀，纸做的，哼！他有成人们的知识，而没有成人们的客气，所以他的话像个故意讨人厌的老头子。这自然是必不可免的，而且也是我所希望的。我真爱他小大人似的皱皱着鼻子，把成人们顶得一愣一愣的。人们骂他"出窝老"，哪里知道这正是我的骄傲啊。

因为所得的知识不同，所以感情也就不同。感情是知识的汁液，仿佛是。爱弥耳的知识既然那么正确实在，他自自然然地不会有虚浮的感情。他爱一切有用的东西，有用的东西，对于他，也就是美的。一般人的美的观念几乎全是人云亦云，所以谁也说不出到底美是什么。好像美就等于虚幻。爱弥耳就不然了，他看得出自行车的美，而决不假装疯魔地说："这晚霞多么好看呀！"可是，他又因此而常常得罪人了，因为他不肯随着人们说：这玫瑰美呀，或这位小姐面似桃花呀。他晓得桃子好吃，不管桃花美不美；至于面似桃花，还是面似蒲公英，就更没大关系了。

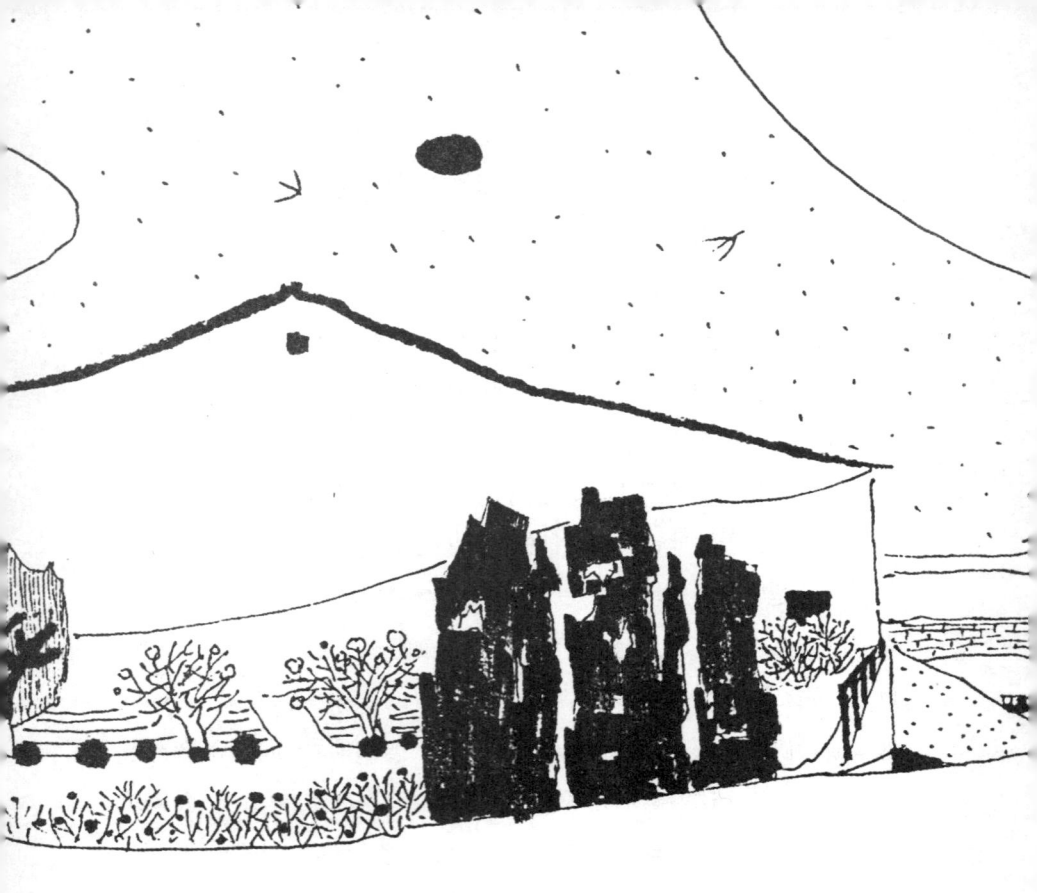

对于美是如此，在别的感情上他也自然与众不同。他简直的不大会笑。我以为人类最没出息的地方便是嬉皮笑脸地笑，而大家偏偏爱给孩子们说笑话听，以至养成孩子们爱听笑话的恶习惯。算算看吧，有媚笑，有冷笑，有无聊的笑，有自傲的笑，有假笑，有狂笑，有敷衍的笑；可是，谁能说清楚了什么是真笑？大概根本就没有所谓真笑这么回事吧？那么，为什么人们还要笑呢？笑的文艺，笑的故事，只是无聊，只是把郑重的事与该哭的事变成轻微稀松，好去敷衍。假若人类要想不再退化，第一要停止笑。所以我不准爱弥耳笑，也永不给他说任何招笑的故事。笑是最贱的麻醉，会郑重思想的人应当永远咬

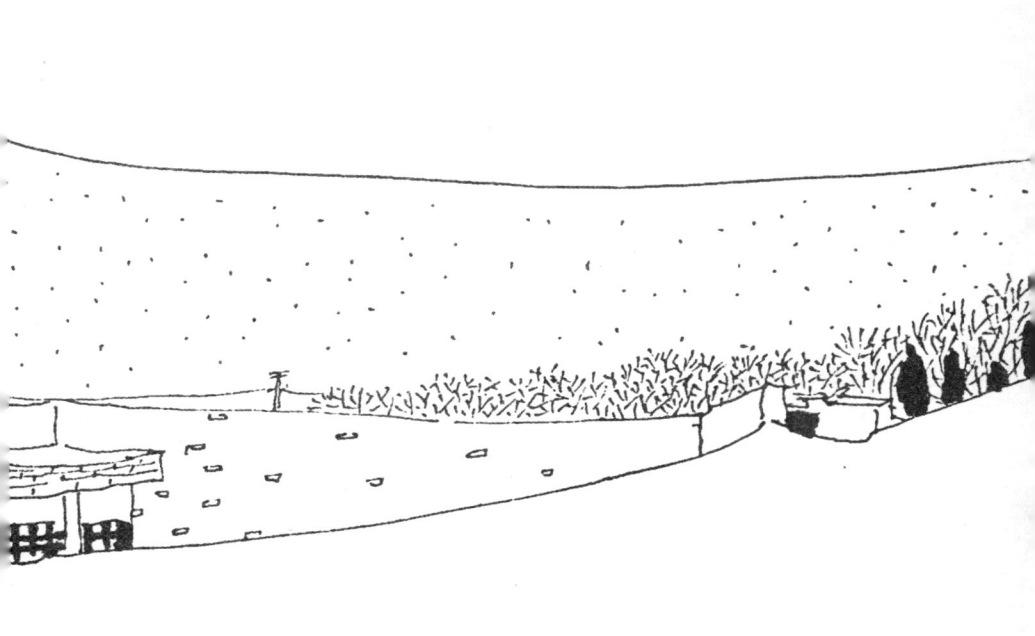

着牙,不应以笑张开嘴。爱弥耳不会笑,而且看别人笑非常的讨厌。他既不哭,也不笑,他才真是铁石做的人,未来的人,永远不会错用感情的人,别人爱他与否有什么要紧,爱弥耳是爱弥耳就完了。

到了他六岁的时候,我开始给他抽象的名词了,如正义,如革命,如斗争等等。这些自然较比的难懂一些,可是教育本是一种渐进的习染,自幼儿听惯了什么,就会在将来明白过来,我把这些重要深刻的思想先吹送到他的心里,占据住他的心,久后必定会慢慢发芽,像把种子埋在土里一样,不管种子的皮壳是多么硬,日子多了就会裂开。我给他解说完了某一名词,就设法使他应用在日常言语中;并不怕他用错了。

即使他把"吃饭"叫作"革命",也好,因为他至少是会说了这么两个字。即使他极不逻辑地把一些抽象名词和事实联在一处,也好,因为这只是思想还未成熟,可是在另一方面足以见出他的勇敢的精神。好比说,他因厌恶邻家的二秃子而喊"打倒二秃子就是救世界",好的。纵使二秃子的价值没有这么高,可是爱弥耳到底有打倒他的勇气,与救世界的精神。说真的,在革命的行为与思想上,精神实在胜于逻辑。我真喜欢听爱弥耳说话,才六七岁他就会四个字一句地说一大片悦耳的话,精炼整齐如同标语,爱弥耳说:"我们革命,打倒打倒,牺牲到底,走狗们呀,流血如河,淹死你们……"有了他以前由言语得来的正确知识,加上这自六岁起培养成的正确意识,我敢说这是个绝大的成功。这是一种把孩子的肉全剥掉,血全吸出来,而给他根本改造的办法。他不会哭笑,像机器一样地等待做他所应做的事。只有这样,我以为,才能造就出一个将来的战士。这样的战士应当自幼儿便把快乐牺牲净尽,把人性连根儿拔去。除了这样,打算由教育而改善人类才真是做梦。

在他八岁那年,我开始给他讲政治原理。他很爱听,而且记住了许多政治学的名词。可惜,不久他就病了。可是我决没想到他会一病不起。以前他也害过病,我总是一方面给他药吃,一方面继续教他工作。小孩子是娇惯不得的,有点小病就马上将就他,放纵他,他会吃惯了甜头而动不动地就装病玩。我不上这个当。病了也要工作,他自然晓得装着玩是没好处的。这回他的病确是不轻,我停止了他的工作,可是还用历史与革命理论代替故事给他解闷,药也吃了不少。谁知道他就这么死了呢!到现在想起来,我大概是疏忽了他的牙齿。他的牙还没都换完,容或在槽牙那边儿有了什么大毛病,而我只顾了给他药吃,忘了细细检查他的牙。不然的话,我想无论如何他也不会死,所以当他呼吸停止了的时候，我简直不能相信那能是真事！我的爱弥耳！

　　我没工夫细说他的一切；想到他的死，我也不愿再说了！我一点不怀疑我的教育原理与方法，不过我到底不能完全控制住自己的感情，我的弱点！可是爱弥耳那孩子也是太可爱了！这点伤心可不就是灰心，我到底因爱弥耳而得了许多经验，我应当高高兴兴地继续我的研究与试验；我确信我能在第二个爱弥耳身上完成我的伟大计划。

开市大吉

我、老王,和老邱,凑了点钱,开了个小医院。老王的夫人做护士主任,她本是由看护而高升为医生太太的。老邱的岳父是庶务兼会计。我和老王是这么打算好,假如老丈人报花账或是携款潜逃的话,我们俩就揍老邱,合着老邱是老丈人的保证金。我和老王是一党,老邱是我们后约的,我们俩总得防备他一下。办什么事,不拘多少人,总得分个党派,留个心眼。不然,看着便不大像回事儿。加上王太太,我们是三个打一个,假如必须打老邱的话。老丈人自然是帮助老邱喽,可是他年岁大了,有王太太一个人就可把他的胡子扯净了。老邱的本事可真是不错,不说屈心的话。他是专门割痔疮,手术非常的漂亮,所以请他合作。不过他要是找揍的话,我们也不便太厚道了。

我治内科,老王花柳,老邱专门痔漏兼外科,王太太是看护士主任兼产科,合着我们一共有四科。我们内科,老老实实地讲,是地道二五八①。一分钱一分货,我们的内科收费可少呢。要敲是敲花柳与痔疮,

---

① 二五八:指自我感觉良好。

老王和老邱是我们的希望。我和王太太不过是配搭,她就根本不是大夫,对于生产的经验她有一些,因为她自己生过两个小孩。至于接生的手术,反正我有太太决不叫她接生。可是我们得设产科,产科是最有利的。只要顺顺当当地产下来,至少也得住十天半月的;稀粥烂饭地对付着,住一天拿一天的钱。要是不顺顺当当地生产呢,那看事做事,临时再想主意。活人还能叫尿憋死?

我们开了张。"大众医院"四个字在大小报纸已登了一个半月。名字起得好——办什么赚钱的事儿,在这个年月,就是别忘了"大众"。不赚大众的钱,赚谁的?这不是真情实理吗?自然在广告上我们没这么说,因为大众不爱听实话的;我们说的是:"为大众而牺牲,为同胞谋幸福。一切科学化,一切平民化,沟通中西医术,打破阶级思想。"真花了不少广告费,本钱是得下一些的。把大众招来以后,再慢慢收拾他们。专就广告上看,谁也不知道我们的医院有多么大。院图是三层大楼,那是借用近邻转运公司的相片,我们一共只有六间平房。

我们开张了。门诊施诊一个星期,人来的不少,还真是"大众",我挑着那稍像点样子的都给了点各色的苏打水,不管害的是什么病。这样,延迟过一星期好正式收费呀。那真正老号的大众就干脆连苏打水也不给,我告诉他们回家洗洗脸再来,一脸的滋泥,吃药也是白搭。

忙了一天,晚上我们开了紧急会议,专替大众不行啊,得设法找"二众"。我们都后悔了,不该叫"大众医院"。有大众而没贵族,由哪儿发财去?医院不是煤油公司啊,早知道还不如干脆叫"贵族医院"呢。老邱把刀子沾了多少回消毒水,一个割痔疮的也没来!长痔疮的阔佬谁能上"大众医院"来割?

老王出了主意:明天包一辆能驶的汽车,我们轮流地跑几趟,把二姥姥接来也好，把三舅母装来也行。一到门口看护赶紧往里搀，接上这么三四十趟，四邻的人们当然得佩服我们。

我们都很佩服老王。

"再赁几辆不能驶的。"老王接着说。

"干吗？"我问。

"和汽车行商量借给咱们几辆正在修理的车，在医院门口放一天。一会儿叫咕嘟一阵。上咱们这儿看病的人老听外面咕嘟咕嘟地响，不知道咱们又来了多少坐汽车的。外面的人呢，老看着咱们的门口有一队汽车，还不唬住？"

我们照计而行，第二天把亲戚们接了来，给他们碗茶喝，又给送走。两个女看护是见一个搀一个，出来进去，一天没住脚。那几辆不能活动而能咕嘟的车由一天亮就运来了，五分钟一阵，轮流地咕嘟，刚一出太阳就围上一群小孩。我们给汽车队照了个相，托人给登晚报。老邱的丈人作了篇八股，形容汽车往来的盛况。当天晚上我们都没能吃饭，车咕嘟得太厉害了，大家都有点头晕。

不能不佩服老王，第三天刚一开门，汽车，进来位军官。

老王急于出去迎接，忘了屋门是那么矮，头上碰了个大包。花柳，老王顾不得头上的包了，脸笑得一朵玫瑰似的，似乎再碰它七八个包也没大关系。三言五语，卖了一针六〇六。我们的两位女看护给军官解开制服，然后四只白手扶着他的胳臂，王太太过来先用小胖食指在针穴轻轻点了两下，然后老王才给用针。军官不知道东西南北了，看着看护一个劲儿说："得劲！得劲！得劲！"我在旁边说了话，"再给他一针。"老邱也是福至心灵，早预备好了——香片茶加了点盐。老王叫看护扶着军官的胳臂，王太太又过来用小胖食指点了点，一针香片下去了。军官还说得劲，老王这回是自动地又给了他一针龙井。我们的医院里吃茶是讲究的，老是香片龙井两着沏。两针茶，一针六〇六，我们收了他二十五块钱。本来应当是十元一针，因为三针，减收五元。我们告诉他还得接着来，有十次管保除根。反正我们有的是茶，我心里说。

把钱交了，军官还舍不得走，老王和我开始跟他瞎扯，我就夸奖他的不瞒着病——有花柳，赶快治，到我们这里来治，准保没危险。花柳是伟人病，正大光明，有病就治，几针六〇六，完了，什么事也没有。就怕像铺子里的小伙计，或是中学的学生，得了病藏藏掩掩，偷偷地去找老虎大夫，或是袖口来袖口去买私药——广告专贴在公共厕所里，非糟不可。军官非常赞同我的话，告诉我他已上过二十多次医院。不过哪一回也没有这一回舒服。我没往下接茬儿。

老王接过去，花柳根本就不算病，自要勤扎点六〇六。军官非常赞同老王的话，并且有事实为证——他老是不等完全好了便又接着去逛；反正再扎几针就是了。老王非常赞同军官的话，并且愿拉个主顾，军官要是长期扎扎的话，他愿减收一半药费：五块钱一针。包月也行，一月一百块钱，不论扎多少针。军官非常赞同这个主意，可是每次得照着今天的样子办，我们都没言语，可是笑笑点了点头。

军官汽车刚开走，迎头来了一辆，四个丫鬟搀下一位太太来。一下车，五张嘴一齐问：有特别房没有？我推开一个丫鬟，轻轻地托住太太的手腕，搀到小院中。我指着转运公司的楼房说，"那边的特别室都住满了。您还算得凑巧，这里——我指着我们的几间小房说——还有两间头等房，您暂时将就一下吧。其实这两间比楼上还舒服，省得楼上楼下地跑，是不是，老太太？"

老太太的第一句话就叫我心中开了一朵花,"唉,这还像个大夫——病人不为舒服,上医院来干吗?东生医院那群大夫,简直的不是人!"

"老太太,您上过东生医院?"我非常惊异地问。

"刚由那里来,那群王八羔子!"

乘着她骂东生医院——凭良心说,这是我们这里最大最好的医院——我把她搊到小屋里,我知道,我要是不引着她骂东生医院,她决不会住这间小屋,"您在那儿住了几天?"我问。

"两天,两天就差点要了我的命!"老太太坐在小床上。

我直用腿顶着床沿,我们的病床都好,就是上了点年纪,爱倒。"怎么上那儿去了呢?"我的嘴不敢闲着,不然,老太太一定会注意到我的腿的。

"别提了!一提就气我个倒仰——你看,大夫,我害的是胃病,他们不给我东西吃!"老太太的泪直要落下来。

"不给您东西吃?"我的眼都瞪圆了。"有胃病不给东西吃?蒙古大夫!就凭您这个年纪?老太太您有八十了吧?"

老太太的泪立刻收回去许多,微微地笑着:"还小呢。刚五十八岁。"

"和我的母亲同岁,她也是有时候害胃口疼!"我抹了抹眼睛,"老太太,您就在这儿住吧,我准把那点病治好了。这个病全仗着好保养,想吃什么就吃;吃下去,心里一舒服,病就减去几分,是不是,老太太?"

老太太的泪又回来了,这回是因为感激我。"大夫,你看,我专爱吃点硬的,他们偏叫我喝粥,这不是故意气我吗?"

"您的牙口好,正应当吃口硬的呀!"我郑重地说。

"我是一会儿一饿,他们非到时候不准我吃!"

"糊涂东西们!"

"半夜里我刚睡好,他们把小玻璃棍放在我嘴里,试什么度。"

"不知好歹!"

"我要便盆,那些看护说,等一等,大夫就来,等大夫查过病去再说!"

"该死的玩意儿!"

"我刚挣扎着坐起来,看护说,躺下。"

"讨厌的东西!"

我和老太太越说越投缘,就是我们的屋子再小一点,大概她也不走了。爽性我也不再用腿顶着床了,即使床倒了,她也能原谅。

"你们这里也有看护呀?"老太太问。

"有,可是没关系,"我笑着说"您不是带来自个的丫鬟吗?叫她们也都住院就结了。您自己的人当然伺候得周到。我干脆不叫看护们过来,好不好?"

"那敢情好啦,有地方呀?"老太太好像有点过意不去了。

"有地方,您干脆包了这个小院吧。四个丫鬟之外,不妨再叫个厨子来,您爱吃什么吃什么。我只算您一个人的钱,丫鬟厨子都白住,就算您五十块钱一天。"

老太太叹了口气:"钱多少的没有关系,就这么办吧。春香,你回家去把厨子叫来,告诉他就手儿带两只鸭子来。"

我后悔了:怎么才要五十块钱呢?真想抽自己一顿嘴巴!幸而我没说药费在内。好吧,在药费上找齐儿就是了,反正看这个来派,这位老太太至少有一个儿子当过师长。况且,她要是天天吃火烧夹烤鸭,大概不会三五天就出院,事情也得往长里看。

医院很有个样子了:四个丫鬟穿梭似的跑出跑入,厨师傅在院中墙根砌起一座炉灶,好像是要办喜事似的。我们也不客气,老太太的果子随便拿起就尝,全鸭子也吃它几块。始终就没人想起给她看病,因为注意力全用在看她买来什么好吃食。

老王和我总算开了张,老邱可有点挂不住了。他手里老拿着刀子。我都直躲他,恐怕他拿我试试手。老王直劝他不要着急,可是他太好胜,非也给医院弄个几十块不甘心。我佩服他这种精神。

吃过午饭,来了!割痔疮的!四十多岁,胖胖的,肚子很大。王太太以为他是来生小孩,后来看清他是男性,才把他让给老邱。老邱的眼睛都红了。三言五语,老邱的刀子便下去了。四十多岁的小胖子疼得直叫唤,央告老邱用点麻药。老邱可有了话:"咱们没讲下用麻药哇!用也行,外加十块钱。用不用?快着!"

小胖子连头也没敢摇。老邱给他上了麻药。又是一刀,又停住了:"我说,你这可有管子,刚才咱们可没讲下割管子。还往下割不割?往下割的话,外加三十块钱。不的话,这就算完了。"

我在一旁,暗伸大指,真有老邱的!拿住了往下敲,是个办法!

四十多岁的小胖子没有驳回,我算计着他也不能驳回。老邱的手术漂亮,话也说得脆,一边割管子一边宣传:"我告诉你,这点事儿值得你二百块钱。不过,我们不敲人,治好了只求你给传传名。赶明天你有工夫的时候,不妨来看看。我这些家伙用四万五千倍的显微镜照,照不出半点微生物!"

胖子一声也没出,也许是气糊涂了。

老邱又弄了五十块。当天晚上我们打了点酒,托老太太的厨子给做了几样菜。菜的材料多一半是利用老太太的。一边吃一边讨论我们的事业,我们决定添设打胎和戒烟。老王主张暗中宣传检查身体,凡是要考学校或保寿险的，哪怕已经做下寿衣，预备下棺材，我们也把体格表填写得好好的——只要交五元的检查费就行。这一案也没费事就通过了。老邱的老丈人最后建议，我们匀出几块钱，自己挂块匾。老人出老办法。可是总算有心爱护我们的医院，我们也就没反对。老丈人已把匾文拟好——仁心仁术。陈腐一点，不过也还恰当。我们议决，第二天早晨由老丈人上早市去找块旧匾。王太太说，把匾油饰好，等门口有过娶妇的，借着人家的乐队吹打的时候，我们就挂匾。到底妇女的心细，老王特别显着骄傲。

月牙儿

一

是的,我又看见月牙儿了,带着点寒气的一钩儿浅金。多少次了,我看见跟现在这个月牙儿一样的月牙儿;多少次了。它带着种种不同的感情,种种不同的景物,当我坐定了看它,它一次一次地在我记忆中的碧云上斜挂着。它唤醒了我的记忆,像一阵晚风吹破一朵欲睡的花。

二

那第一次,带着寒气的月牙儿确是带着寒气。它第一次在我的云中是酸苦,它那一点点微弱的浅金光儿照着我的泪。那时候我也不过是七岁吧,一个穿着短红棉袄的小姑娘,戴着妈妈给我缝的一顶小帽儿,蓝布的,上面印着小小的花,我记得。我倚着那间小屋的门垛,看看月牙儿。屋里是药味、烟味、妈妈的眼泪、爸爸的病。我独自在台阶上看着月牙儿,没人招呼我,没人顾得给我做晚饭。我晓得屋里的惨凄,大家说爸爸的病……可是我更感觉自己的悲惨，我冷、饿，没人理我。一直的我立到月牙儿落下去。什么也没有了，我不能不哭。可是我的哭声被妈妈的压下去。爸，不出声了，面上蒙了块白布。我要掀开白布，再看看爸，可是我不敢。屋里只有那么点点地方，都被爸占了去。妈妈穿上白衣，我的红袄上也罩了件没缝襟边的白袍，我记得，因为我不断地撕扯襟边上的白丝儿。大家都很忙，嚷嚷的声儿很高，哭得很恸，可是事情并不多，也似乎值不得嚷：爸爸就装入那么一个四块薄板的棺材里，到处都是缝子。然后，五六个人把他抬了走。妈和我在后边哭。我记得爸，记得爸的木匣。那个木匣结束了爸的一切：每逢我想起爸来，我就想到非打开那个人匣不能见着他。但是，那木匣是深深地埋在地里，我明知在城外哪个地方埋着它，可它又像落在地上的一个雨点，似乎永难找到。

三

妈和我还穿着白袍，我又看见了月牙儿。那是个冷天，妈妈带我出城去看爸的坟。妈拿着很薄的一摞儿纸。妈那天对我特别的好，我走不动便背我一程，到城门上还给我买了一些炒栗子。什么都是凉的，只有这些栗子是热的。我舍不得吃，用它们热我的手。走了多远，我记不清了，总该是很远很远吧。在爸出殡的那天，我似乎没觉得这么远，或者是因为那天人多；这次只是我们娘儿俩，妈不说话，我也懒得出声，什么都是静寂的，那些黄土路静寂得没有头儿。天是短的，我记得那个坟：小小的一堆儿土，远处有一些高土岗儿，太阳在黄土岗儿上头斜着。妈妈似乎顾不得我了，把我放在一旁，抱着坟头儿去哭。我坐

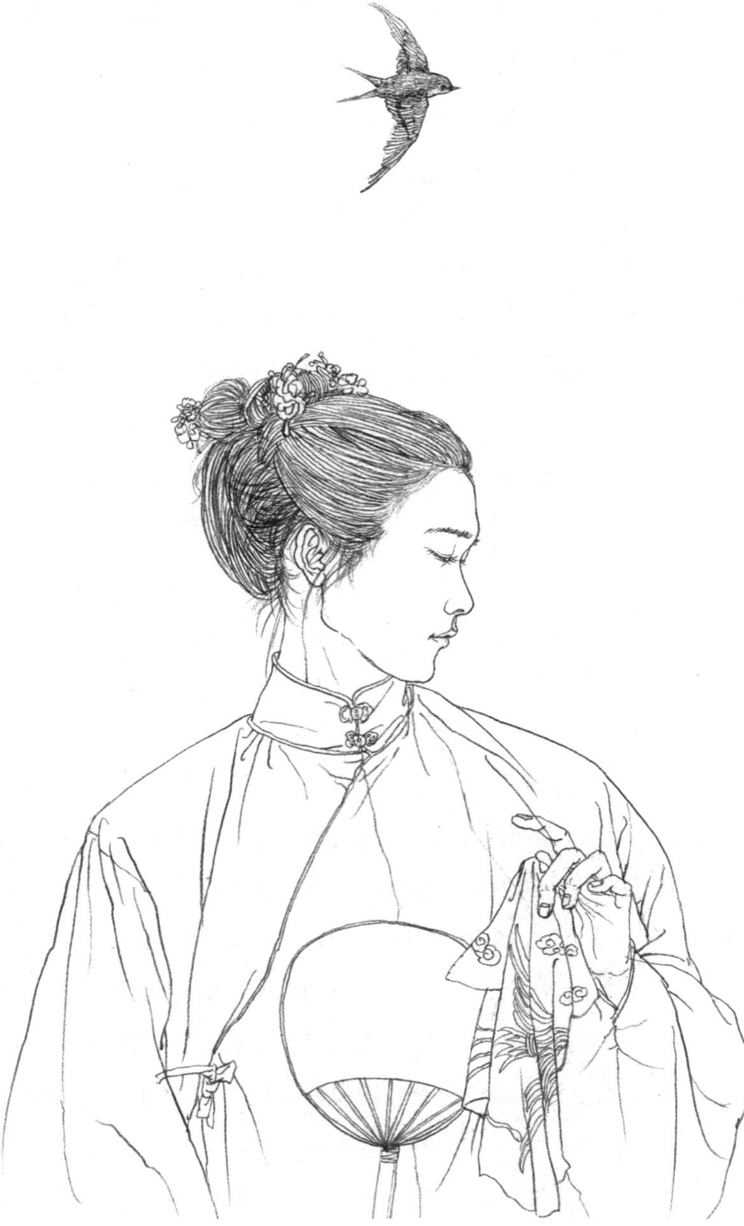

在坟头的旁边,弄着手里那几个栗子。妈哭了一阵,把那点纸焚化了,一些纸灰在我眼前卷成一两个旋儿,而后懒懒地落在地上。风很小,可是很够冷的。妈妈又哭起来。我也想爸,可是我不想哭他;我倒是为妈妈哭得可怜而也落了泪。我过去拉住妈妈的手,"妈不哭!不哭!"妈妈哭得更恸了。她把我搂在怀里。眼看太阳就落下去,四外没有一个人,只有我们娘儿俩。妈似乎也有点怕了,含着泪,扯起我就走,走出老远,她回头看了看,我也转过身去:爸的坟已经辨不清了;土岗的这边都是坟头,一小堆一小堆,一直排到土岗底下。妈妈叹了口气。我们紧走慢走,还没有走到城门,我看见了月牙儿。四处漆黑,没有声音,只有月牙儿放出一道儿冷光。我乏了,妈妈抱起我来。怎样进的城,我就不知道了,只记得迷迷糊糊的天上有个月牙儿。

四

刚八岁,我已经学会了去当东西。我知道,若是当不来钱,我们娘儿俩就不要吃晚饭。因为妈妈但分[①]有点主意,也不肯叫我去。我准知道她每逢交给我个小包,锅里必是连一点粥底儿也看不见了。我们的锅有时干净得像个体面的寡妇。这一天,我拿的是一面镜子。只有这件东西似乎是不必要的,虽然妈妈天天得用它。这是个春天,我们的棉衣都刚脱下来就入了当铺。我拿着这面镜子,我知道怎样小心,小心而且要走得快,当铺是老早就上门的。我怕当铺的那个大红门,那个大高长柜台。一看见那个门,我就心跳。可是我必须进去,几乎

[①]但分:只要。

是爬进去,那个高门槛儿是那么高。我得用尽了力量,递上我的东西。还得喊:"当当!"得了钱和当票,我知道怎样小心地拿着,快快回家,晓得妈妈不放心。可是这一次,当铺不要这面镜子,告诉我再添一号来。我懂得什么叫"一号"。把镜子搂在胸前,我拼命地往家跑。妈妈哭了,她找不到第二件东西。我在那间小屋住惯了,总以为东西不少,及至帮着妈妈一找可当的衣物,我的小心里这才明白过来,我们的东西很少,很少。妈妈不叫我去了。可是,"妈妈咱们吃什么呢?"妈妈哭着递给我她头上的银簪——只有这一件东西是银的。我知道,她拔下来过几回,都没肯交给我去当。这是妈妈出门子时,姥姥家给的一件首饰。现在,她把这末一件银器给了我,叫我把镜子放下。我尽了我的力量赶回当铺,那可怕的大门已经严严地关好了。我坐在那门墩上,握着那根银簪,不敢高声地哭,我看着天,啊,又是月牙儿照着我的眼泪!哭了好久,妈妈在黑影中来了,她拉住了我手,呕,多么热的手,我忘了一切的苦处,连饿也忘了,只要有妈妈这双热手拉着我就好。我抽抽搭搭地说:"妈!咱们回家睡觉吧。明儿早上再来!"妈一声没出。又走了一会儿:"妈!你看这个月牙儿。爸死的那天,它就是这么斜斜着。为什么它老这么斜斜着呢?"妈还是一声没出,她的手有点颤。

五

妈妈整天地给人家洗衣裳。我老想帮助妈妈,可是插不上手。我只好等着妈妈,非到她完了事,我不去睡。有时月牙儿已经上来,她还哼哧哼哧地洗。那些臭袜子,硬牛皮似的,都是铺子里的伙计们送来的。妈妈洗完这些"牛皮"就吃不下饭去。我坐在她旁边,看着月牙儿，蝙蝠专会在那条光儿底下穿过来穿过去，像银线上穿着个大菱角，极快地又掉到暗处去。我越可怜妈妈，便越爱这个月牙儿，因为看着它，使我心中痛快一点。它在夏天更可爱，它老有那么点凉气，像一条冰似的。我爱它给地上的那点小影子，一会儿就没了；迷迷糊糊的不甚清楚，及至影子没了，地上就特别的黑，星也特别的亮，花也特别的香——我们的邻居有许多花木，那棵高高的洋槐总把花儿落到我们这边来，像一层雪似的。

六

妈妈的手起了层鳞，叫她给搓搓背顶解痒痒了。可是我不敢常劳动她，她的手是洗粗了的。她瘦，被臭袜子熏得常不吃饭。我知道妈妈要想主意了，我知道。她常把衣裳推到一边，愣着。她和自己说话。她想什么主意呢？我可是猜不着。

七

妈妈嘱咐我不叫我别扭，要乖乖地叫"爸"——她又给我找到一个爸。这是另一个爸，我知道，因为坟里已经埋好一个爸了。妈嘱咐我的时候，眼睛看着别处。她含着泪说："不能叫你饿死！"呕，是因为不饿死我，妈才另给我找了个爸！我不明白多少事，我有点怕，又有点希望——果然不再挨饿的话。多么凑巧呢，离开我们那间小屋的时候，天上又挂着月牙儿，这次的月牙儿比哪一回都清楚、都可怕，我是要离开这住惯了的小屋了。妈坐了一乘红轿，前面还有几个鼓手，吹打得一点也不好听。轿在前边走，我和一个男人在后边跟着，他拉着我的手。那可怕的月牙儿放着一点光，仿佛在凉风里颤动。街上没有什么人，只有些野狗追着鼓手们咬，轿子走得很快。上哪去呢？是不是把妈抬到城外去、抬到坟地去？那个男子扯着我走，我喘不过气来，要哭都哭不出来。那男人的手心出了汗，凉得像个鱼似的，我要喊"妈"，可是不敢。一会儿，月牙儿像个要闭上的一道大眼缝，轿子进了个小巷。

八

我在三四年里似乎没再看见月牙儿。新爸对我们很好，他有两间屋子，他和妈住在里间，我在外间睡铺板。我起初还想跟妈妈睡，可是几天之后，我反倒爱"我的"小屋了。屋里有白白的墙，还有条长桌、一把椅子。这似乎都是我的。我的被子也比从前的厚实暖和了。妈妈也渐渐胖了点，脸上有了红色，手上的那层鳞也慢慢掉净。我好久没去当铺了。新爸叫我去上学。有时候他还跟我玩一会儿。我不知道为什么不爱叫他"爸"，虽然我知道他很可爱。他似乎也知道这个，他常常对我那么一笑，笑的时候他有很好看的眼睛。可是，妈偷偷告诉我叫"爸"，我也不愿，十分地别扭。我心中明白，妈和我现在是有吃有喝的，都因为有这个爸，我明白。是的，在这三四年里我想不起曾经看见过月牙儿，也许是看见过而不大记得了。爸死时那个月牙儿，妈轿子前面那个月牙儿，我永远忘不了。那一点点光、那一点点寒气，老在我心中，比什么都亮、都清凉，像块玉似的，有时候想起来仿佛能用手摸到似的。

九

我很爱上学。我老觉得学校里有不少的花,其实并没有,只是一想起学校就想到花罢了,正像一想起爸的坟就想起城外的月牙儿——在野外的小风里歪歪着。妈妈是很爱花的,虽然买不起,可是有人送给她一朵,她就顶喜欢地戴在头上。我有机会便给她折一两朵来。戴上朵鲜花,妈的后影还很年轻似的。妈喜欢,我也喜欢。在学校里我也很喜欢。也许因为这个,我想起学校便想起花来?

十

当我要在小学毕业那年,妈又叫我去当铺了。我不知道为什么新爸忽然走了。他上了哪儿,妈似乎也不晓得。妈妈还叫我上学,她想爸不久就会回来的。他许多日子没回来,连封信也没有。我想妈又该洗臭袜子了,这使我极难受。可是妈妈并没这么打算。她还打扮着,还爱戴花,奇怪!她不落泪,反倒好笑。为什么呢?我不明白!好几次,我下学来,看她在门口儿立着。又隔了不久,我在路上走,有人"嗨"我了,"嗨!给你妈捎个信儿去!""嗨!你卖不卖呀?小嫩的!"我的脸红得冒出火来,把头低得无可再低。我明白,只是没办法。我不能问妈妈,不能。她对我很好,而且有时候极庄重地说我:"念书!念书!"妈是不识字的,为什么这样催我念书呢?我疑心,又常由疑心而想到妈是为我才做那样的事。妈是没有更好的办法。疑心的时候,我恨不能骂妈妈一顿。再一想,我要抱住她,央告她不要再做那个事。

我恨自己不能帮助妈妈。所以我也想到，我在小学毕业后又有什么用呢？我和同学们打听过了，有的告诉我，去年毕业的有好几个做姨太太的。有的告诉我，谁当了暗门子①。我不大懂这些事，可是由她们的说法，我猜到这不是好事。她们似乎什么都知道，也爱偷偷地谈论她们明知是不正当的事——这些事叫她们的脸红红的而显出得意。我更疑心妈妈了，是不是等我毕业好去做……这么一想，有时候我不敢回家，我怕见妈妈。妈妈有时候给我点心钱，我不肯花，饿着肚子去上体操，常常要晕过去。看着别人吃点心，多么香甜呢！可是我得省着钱，万一妈妈叫我去……我可以跑，假如我手中有钱。我最阔的时候，手中有一毛多钱！在这些时候，即使在白天，我也有时望一望天上、找我的月牙儿呢。我心中的苦处假若可以用个形状比喻起来，必是个月牙儿形的。它无倚无靠地在灰蓝的天上挂着，光儿微弱，不大会儿便被黑暗包住。

十一

叫我最难过的是我慢慢地学会了恨妈妈。可是每当我恨她的时候，我不知不觉地便想起她背着我上坟的光景。想到了这个，我不能恨她了。我又非恨她不可。我的心像——还是像那个月牙儿，只能亮那么一会儿，而黑暗是无限的。妈妈的屋里常有男人来了，她不再躲避着我。他们的眼像狗似的看着我，舌头吐着，垂着涎。我在他们的眼中是更解馋的，我看得出来。在很短的期间，我忽然明白了许多的事。我知道我得保

---

①暗门子：暗娼。

护自己，我觉出我身上好像有什么可贵的地方，我闻得出我自己有一种什么味道，使我自己害羞、多感。我身上有了些力量，可以保护自己，也可以毁了自己。我有时很硬气，有时候很软。我不知怎样好。我愿爱妈妈，这时候我有好些必要问妈妈的事，需要妈妈的安慰。可是正在这个时候，我得躲着她，我得恨她，要不然我自己便不存在了。当我睡不着的时节，我很冷静地思索，妈妈是可原谅的。她得顾我们俩的嘴。可是这个又使我要拒绝再吃她给我的饭菜。我的心就这么忽冷忽热，像冬天的风，休息一会儿，刮得更要猛。我静候着我的怒气冲来，没法儿止住。

十二

事情不容我想出好方法就变得更坏了。妈妈问我："怎样？"假若我真爱她呢，妈妈说，我应该帮助她。不然呢，她不能再管我了。这不像妈妈能说得出的话，但是她确是这么说了。她说得很清楚，"我已经快老了，再过两年，想白叫人要也没人要了！"这是对的，妈妈近来擦许多的粉，脸上还露出褶子来。她要再走一步，去专伺候一个男人。她的精神来不及伺候许多男人了。为她自己想，这时候能有人要她——是个馒头铺掌柜的愿要她——她该马上就走。可是我已经是个大姑娘了，不像小时候那样容易跟在妈妈轿后走过去了。我得打主意安置自己。假若我愿意"帮助"妈妈呢，她可以不再走这一步，而由我代替她挣钱。代她挣钱，我真愿意，可是那个挣钱方法叫我哆嗦。我知道什么呢？叫我像个半老的妇人那样去挣钱？！妈妈的心是狠的，可是钱更狠。妈妈不逼着我走哪条路，她叫我自己挑选——帮助她，或是我们娘儿俩各走各的。妈妈的眼没有泪,早就干了。我怎么办呢?

十三

我对校长说了。校长是个四十多岁的妇人,胖胖的,不很精明,可是心热。我是真没了主意,要不然我怎会开口述说妈妈的……我并没和校长亲近过。当我对她说的时候,每个字都像烧红了的煤球烫着我的喉,我哑了,半天才能吐出一个字。校长愿意帮助我,她不能给我钱,只能供给我两顿饭和住处——就住在学校和老女仆做伴儿。她叫我帮助书记员写写字,可是不必马上就这么办,因为我的字还需要练习。两顿饭,一个住处,解决了天大的问题。我可以不连累妈妈了。妈妈这回连轿也没坐,只坐了辆洋车,摸着黑走了。我的铺盖,她给了我。临走的时候,妈妈挣扎着不哭,可是心底下的泪到底翻上来了。她知道我不能再找她去,她的亲女儿。我呢,我连哭都忘了怎么哭了,我只咧着嘴抽泣,泪蒙住了我的脸。我是她的女儿、朋友、安慰。但是我帮助不了她,除非我得做那种我决不肯做的事。在事后一想,我们娘儿俩就像两个没人管的狗,为我们的嘴,我们得受着一切的苦处,好像我们身上没有别的,只有一张嘴。为这张嘴,我们把其余一切的东西都卖了。我不恨妈妈了,我明白了。不是妈妈的毛病,也不是不该长那张嘴,而是粮食的毛病,凭什么没有我们的吃食呢?这个别离,把过去一切的苦楚都压过去了。那最明白我的眼泪怎样流的月牙儿这回没出来,这回只有黑暗,连点萤火的光也没有。妈妈就在暗中像个活鬼似的走了,连个影子也没有。即使她马上死了,恐怕也不会和爸埋在一处了,我连她将来的坟在哪里都不会知道,我只有这么个妈妈、朋友，我的世界里剩下我自己。

十四

妈妈永不能相见了，爱死在我心里，像被霜打了的春花。我用心地练字，为的是能帮助校长抄写些不要紧的东西。我必须有用，我是吃着别人的饭。我不像那些女同学，她们一天到晚注意别人，别人吃了什么、穿了什么、说了什么。我老注意我自己，我的影子是我的朋友。"我"老在我的心上，因为没人爱我。我爱我自己，可怜我自己，鼓励我自己，责备我自己；我知道我自己，仿佛我是另一个人似的。我身上有一点变化都使我害怕、使我欢喜、使我莫名其妙。我在我自己手中拿着，像捧着一朵娇嫩的花。我只能顾目前，没有将来，也不敢深想。嚼着人家的饭，我知道那是晌午或晚上了，要不然我简直想不起时间来；没有希望，就没有时间。我好像钉在个没有日月的地方。想起妈妈，我晓得我曾经活了十几年。对将来，我不像同学们那样盼望放假、过节、过年；假期、节、年，跟我有什么关系呢？可是我的身体是往大了长呢，我觉得出，觉出我又长大了一些，我更渺茫，我不放心我自己。我越往大了长，我越觉得自己好看，这是一点安慰。美使我抬高了自己的身份，可是我根本没身份，安慰是先甜后苦的，苦到末了又使我自傲。穷，可是好看呢！这又使我怕：妈妈也是不难看的。

十五

我又老没看月牙儿了，不敢去看，虽然想看。我已毕了业，还在学校里住着。晚上,学校里只有两个老仆人,一男一女。他们不知怎样对待我好,我既不是学生,也不是先生,又不是仆人,可有点像仆人。晚上,我一个人在院中走,常被月牙儿给赶进屋来,我没有胆子去看它。可是在屋里,我会想象它是什么样,特别是在有点小风的时候。微风仿佛会给那点微光吹到我的心上来,使我想起过去,更加重了眼前的悲哀。我的心就好像在月光下的蝙蝠,虽然是在光的下面,可是自己是黑的——黑的东西,即使会飞,也还是黑的,我没有希望。我可是不哭,我只常皱着眉。

十六

我有了点进款:给学生织些东西,她们给我点工钱,校长允许我这么办。可是进不了许多,因为她们也会织。不过她们急于要用,自己赶不来,或是给家中人打双手套或袜子,才来照顾我。虽然是这样,我的心似乎活了一点,我甚至想到:假若妈妈不走那一步,我是可以养活她的。一数我那点钱,我就知道这是梦想,可是这么想使我舒服一点。我很想看看妈妈。假若她看见我,她必能跟我来,我们能有方法活着,我想——可是不是十分相信。我想妈妈。她常到我的梦中来。有一天,我跟着学生们去到城外旅行,回来的时候已经是下午四点多了。为了快点回来,我们抄了个小道。我看见了妈妈!在一个小胡同里有一家卖馒头的,门口放着个元宝筐,筐上插着个顶大的白木头馒头。顺着墙坐着妈妈,身儿一仰一弯地拉风箱呢。从老远我就看见了那个大木馒头与妈妈,我认识她的后影。我要过去抱住她。可是我不敢,我怕学生们笑话我,她们不许我有这样的妈妈。越走越近了,我的头低下去，从泪中看了她一眼，她没看见我。我们一群人擦着她的身子走过去，她好像是什么也没看见，专心地拉她的风箱。走出老远，我回头看了看，她还在那儿拉呢。我看不清她的脸，只看到她的头发在额上披散着点。我记住这个小胡同的名儿。

十七

像有个小虫在心中咬我似的，我想去看妈妈，非看见她我心中不能安静，正在这个时候，学校换了校长。胖校长告诉我得自己打主意，她在这儿一天便有我一天的饭食与住处，可是她不能保险新校长也这么办。我数了数我的钱，一共是两块七毛零几个铜子。这几个钱不会叫我在最近的几天中挨饿，可是我上哪儿呢？我不敢坐在那儿呆呆地发愁，我得想主意。找妈妈去是第一个念头。可是她能收留我吗？假若她不能收留我，而我找了她去，即使不能引起她与那个卖馒头的吵闹，她也必定很难过。我得为她想，她是我的妈妈，又不是我的妈妈，我们母女之间隔着一层用穷做成的障碍。想来想去，我不肯找她去了。我应当自己担着自己的苦处。可是怎么担着自己的苦处呢？我想不起。我觉得世界很小，没有安置我与我的小铺盖卷的地方。我还不如一条狗，狗有个地方便可以躺下睡，街上不准我躺着。是的，我是人，人可以不如狗。假若我扯着脸不走，焉知新校长不往外撵我呢？我不能等着人家往外推。这是个春天。我只看见花儿开了、草儿绿了，而觉不到一点暖气。红的花只是红的花，绿的叶只是绿的叶，我看见些不同的颜色，只是一点颜色。这些颜色没有任何意义，春在我的心中是个凉的死的东西。我不肯哭，可是泪自己往下流。

十八

  我出去找事了。不找妈妈,不依赖任何人,我要自己挣饭吃。走了整整两天,抱着希望出去,带着尘土与眼泪回来。没有事情给我做。我这才真明白了妈妈,真原谅了妈妈。妈妈还洗过臭袜子,我连这个都做不上。妈妈所走的路是唯一的。学校里教给我的本事与道德都是笑话,都是吃饱了没事时的玩意。同学们不准我有那样的妈妈,她们笑话暗门子。是的,她们得这样看,她们有饭吃。我差不多要决定了,只要有人给我饭吃,什么我也肯干。妈妈是可佩服的。我决不去死,虽然想到过;不,我要活着。我年轻,我好看,我要活着。羞耻不是我造出来的。

十九

  这么一想,我好像已经找到了事似的。我敢在院中走了,一个春天的月牙儿在天上挂着。我看出它的美来。天是暗蓝的,没有一点云。那个月牙儿清亮而温柔,把一些软光儿轻轻送到柳枝上。院中有点小风,带着南边的花香,把柳条的影子吹到墙角有光的地方来,又吹到无光的地方去。光不强,影儿不重,风微微地吹,都是温柔,什么都有点睡意,可又要轻软地活动着。月牙儿下边,柳梢上面,有一对星儿好像微笑的仙女的眼,逗着那歪歪的月牙儿和那轻摆的柳枝。墙那边有棵什么树,开满了白花,月的微光把这团雪照成一半儿白亮,一半儿略带点灰影,显出难以想到的纯净。这个月牙儿是希望的开始,我心里说。

二十

我又找了胖校长去,她没在家。一个青年把我让进去,他很体面,也很和气。我平素很怕男人,但是这个青年不叫我怕他。他叫我说什么,我便不好意思不说;他那么一笑,我心里就软了。我把找校长的意思对他说了,他很热心,答应帮助我。当天晚上,他给我送了两块钱来,我不肯收,他说这是他婶母——胖校长——给我的。他并且说他的婶母已经给我找好了地方住,第二天就可以搬过去。我要怀疑,可是不敢。他的笑脸好像笑到我的心里去。我觉得我要疑心便对不起人,他是那么温和可爱。

二十一

他的笑唇在我的脸上,从他的头发上我看着那也在微笑的月牙儿,春风像醉了,吹破了春云,露出月牙儿与一两对儿春星。河岸上的柳枝轻摆,春蛙唱着恋歌,嫩蒲的香味散在春晚的暖气里。我听着水流,像给嫩蒲一些生力,我想象着蒲梗轻快地往高里长。小蒲公英在潮暖的地上生长。什么都在融化着春的力量,然后放出一些香味来。我忘了自己,我没了自己,像化在了那点春风与月的微光中。月牙儿忽然被云掩住,我想起来自己。我失去那个月牙儿,也失去了自己,我和妈妈一样了!

二十二

我后悔，我自慰，我要哭，我喜欢，我不知道怎样好。我要跑开，永不再见他；我又想他，我寂寞。两间小屋，只有我一个人，他每天晚上来。他永远俊美，老那么温和。他供给我吃喝，还给我做了几件新衣。穿上新衣，我自己看出我的美。可是我也恨这些衣服，又舍不得脱去，我不敢思想，也懒得思想，我迷迷糊糊的，腮上老有那么两块红。我懒得打扮，又不能不打扮，太闲在了，总得找点事做。打扮的时候，我怜爱自己；打扮完了，我恨自己。我的泪很容易下来，可是我没法不哭，眼终日老那么湿润润的，可爱。我有时候疯了似的吻他，然后把他推开，甚至于破口骂他。他老笑。

二十三

我早知道，我没希望。一点云便能把月牙儿遮住，我的将来是黑暗。果然，没有多久，春便变成了夏，我的春梦做到了头儿。有一天，也就是刚响午吧，来了一个少妇。她很美，可是美得不玲珑，像个瓷人儿似的。她进到屋中就哭了。不用问，我已明白了。看她那个样儿，她不想跟我吵闹，我更没预备着跟她冲突。她是个老实人。她哭，可是拉住我的手，"他骗了咱们俩！"她说。我以为她也只是个"爱人"。不，她是他的妻。她不跟我闹，只口口声声地说："你放了他吧！"我不知怎么才好，我可怜这个少妇。我答应了她。她笑了。看她这个样儿，我以为她是缺个心眼，她似乎什么也不懂，只知道要她的丈夫。

二十四

我在街上走了半天,很容易答应那个少妇呀,可是我怎么办呢?他给我的那些东西,我不愿意要。既然要离开他,便一刀两断。可是,放下那点东西,我还有什么呢?我上哪儿呢?我怎么能当天就有饭吃呢?好吧,我得要那些东西,无法。我偷偷地搬了走。我不后悔,只觉得空虚,像一片云那样的无依无靠。搬到一间小屋里,我睡了一天。

二十五

我知道怎样俭省,自幼就晓得钱是好的。凑合着手里还有那点钱,我想马上去找个事。这样,我虽然不希望什么,或者也不会有危险了。事情可是并不因我长了一两岁而容易找到。我很坚决,这并无济于事,只觉得应当如此罢了。妇女挣钱怎这么不容易呢!妈妈是对的,妇人只有一条路走,就是妈妈所走的路。我不肯马上就那么走,可是知道它在不很远的地方等着我呢。我越挣扎,心中越害怕。我的希望是初月的光,一会儿就要消失。一两个星期过去了,希望越来越小。最后,我去和一排年轻的姑娘们在小饭馆受选阅。很小的一个饭馆,很大的一个老板,我们这群都不难看,都是高小毕业的女子们,等皇赏似的,等着那个破塔似的老板挑选。他选了我。我不感谢他,可是当时确有点痛快。那些女孩子们似乎很羡慕我,有的竟自含着泪走去,有的骂声"妈的",女子多么不值钱呢!

二十六

我成了小饭馆的第二号女招待。摆菜、端菜、算账、报菜名，我都不在行。我有点害怕。可是"第一号"告诉我不用着急，她也都不会。她说，小顺管一切的事，我们当招待的只要给客人倒茶、递手巾把和拿账条，别的不用管。奇怪！"第一号"的袖口卷起来很高，袖口的白里子上连一个污点也没有。腕上放着一块白丝手绢，绣着"妹妹我爱你"。她一天到晚往脸上拍粉，嘴唇抹得血瓢似的。给客人点烟的时候，她的膝往人家腿上倚；还给客人斟酒，有时候她自己也喝了一口。对于客人，有的她伺候得非常的周到；有的她连理也不理，她会把眼皮一耷拉，假装没看见。她不招待的，我只好去。我怕男人。我那点经验叫我明白了些，什么爱不爱的，反正男人可怕。特别是在饭馆吃饭的男人们，他们假装义气，打架似的让座让账；他们拼命地猜拳，喝酒；他们野兽似的吞吃，他们不必要而故意地挑剔毛病，骂人。我低头递茶递手巾，我的脸发烧。客人们故意地和我说东说西，招我笑；我没心思说笑。晚上九点多钟完了事，我非常的疲乏了。到了我的小屋，连衣裳没脱，我一直地睡到天亮。醒来，我心中高兴了一些，我现在是自食其力，用我的劳力自己挣饭吃。我很早地就去上工。

二十七

"第一号"九点多才来，我已经去了两个钟头。她看不起我，可也并非完全恶意地教训我，"不用那么早来，谁八点来吃饭？告诉你，丧气鬼,把脸别耷拉得那么长。你是女跑堂的,没让你在这儿送殡玩。低着头,没人多给酒钱。你干什么来了?不为挣钱儿吗?你的领子太矮,咱这行全得弄高领子、绸子手绢,人家认这个!"我知道她是好意,我也知道设若我不肯笑,她也得吃亏,少分酒钱,小账是大家平分的。我也并非看不起她,从一方面看,我实在佩服她,她是为挣钱。妇女挣钱就得这么着,没第二条路。但是,我不肯学她。我仿佛看得很清楚:有朝一日,我得比她还开通,才能挣上饭吃。可是那得到了山穷水尽的时候:"万不得已"老在那儿等我们女子,我只能叫它多等几天。这叫我咬牙切齿,叫我心中冒火,可是妇女的命运不在自己手里。又干了三天,那个大掌柜的下了警告:再试我两天,我要是愿意往长了干呢,得照"第一号"那么办。"第一号"一半嘲弄、一半劝告地说,"已经有人打听你,干吗藏着乖的卖傻的呢?咱们谁不知道谁是怎着?女招待嫁银行经理的,有的是。你当是咱们低贱呢?闯开脸儿干呀,咱们也他妈的坐几天汽车!"这个,逼上我的气来,我问她:"你什么时候坐汽车?"她把红嘴唇撇得要掉下去,"不用你耍嘴皮子,干什么说什么。天生下来的香屁股,还不会干这个呢!"我干不了,拿了一块零五分钱,我回了家。

二十八

最后的黑影又向我迈了一步。为躲它,就更走近了它。我不后悔丢了那个事,可我也真怕那个黑影。把自己卖给一个人,我会。自从那回事儿,我很明白了些男女之间的关系。女人把自己放松一些,男人闻着味儿就来了。他所要的是肉,他发散了兽力,你便暂时有吃有穿；然后他也许打你骂你，或者停止了你的供给。女子就这么卖了自己，有时候还很得意，我曾经觉到得意。在得意的时候，说的净是一些天上的话；过了会儿，你觉得身上的疼痛与丧气。不过，卖给一个男人，还可以说些天上的话；卖给大家，连这些也没法说了，妈妈就没说过这样的话。怕的程度不同，使我没法接受"第一号"的劝告："一个"男人到底使我少怕一点。可是，我并不想卖我自己。我并不需要男人，我还不到二十岁。我当初以为跟男人在一块儿必定有趣，谁知道到了一块他就要求那个我所害怕的事。是的，那时候我像把自己交给了春风，任凭人家摆布，过后一想，他是利用我的无知，畅快他自己，他的甜言蜜语使我走入梦里。醒过来，不过是一个梦，一些空虚，我得到的是两顿饭，几件衣服。我不想再这样挣饭吃，饭是实在的，实在地去挣好了。可是，实在挣不上饭吃，女人得承认自己是女人，得卖肉！一个多月，我找不到事做。

二十九

我遇见几个同学，有的升入了中学，有的在家里做姑娘。我不愿理她们，可是一说起话儿来，我觉得我比她们精明。原先，在学校的时候，我比她们傻；现在，"她们"显着呆傻了。她们似乎还都做梦呢。她们都打扮得很好，像铺子里的货物。她们的眼溜着年轻的男人，心里好像作着爱情的诗。我笑她们。是的，我必定得原谅她们，她们有饭吃，吃饱了当然只好想爱情，男女彼此织成了网，互相捕捉：有钱的，网大一些，捉住几个，然后从容地选择一个。我没有钱，我连个结网的屋角都找不到。我得直接地捉人，或是被捉，我比她们明白一些、实际一些。

三十

有一天，我碰见那个小媳妇，像瓷人似的那个。她拉住了我，倒好像我是她的亲人似的。她有点颠三倒四的样儿。"你是好人！你是好人！我后悔了，"她很诚恳地说，"我后悔了！我叫你放了他，哼，还不如在你手里呢！他又弄了别人，更好了，一去不回头了！" 由探问中，我知道她和他也是由恋爱而结的婚，她似乎还很爱他。他又跑了。我可怜这个小妇人，她也是还做着梦，还相信恋爱神圣。我问她现在的情形，她说她得找到他，她得从一而终。"要是找不到他呢？"我问。她咬上了嘴唇，她有公婆、娘家还有父母，她没有自由，她甚至于羡慕我，我没有人管着。还有人羡慕我，我真要笑了！我有自由，笑话！她有饭吃，我有自由；她没自由，我没饭吃。我俩都是女人。

三十一

自从遇上那个小瓷人，我不想把自己专卖给一个男人了，我决定玩玩了。换句话说，我要"浪漫"地挣饭吃了。我不再为谁负着什么道德责任，我饿。浪漫足以治饿，正如同吃饱了才浪漫，这是个圆圈，从哪儿走都可以。那些女同学与小瓷人都跟我差不多，她们比我多着一点梦想，我比她们更直爽，肚子饿是最大的真理。是的，我开始卖了。把我所有的一点东西都折卖了，做了一身新行头，我的确不难看，我上了市。

三十二

我想我要玩玩,浪漫。啊,我错了。我还是不大明白世故。男人并不像我想的那么容易勾引。我要勾引文明一些的人,要至多只赔上一两个吻。哈哈,人家不上那个当,人家要初次见面便得到便宜。还有呢,人家只请我看电影,或逛逛大街,吃杯冰激凌,我还是饿着肚子回家。所谓文明人,懂得问我在哪儿毕业、家里做什么事。那个态度使我看明白:他若是要你,你得给他相当的好处;你若是没有好处可贡献呢,人家只用一角钱的冰激凌换你一个吻。要卖,得痛痛快快的。我明白了这个。小瓷人们不明白这个。我和妈妈明白,我很想妈了。

三十三

据说有些女人是可以浪漫地挣饭吃,我缺乏资本,也就不必再这样想了。我有了买卖,可是我的房东不许我再住下去,他是讲体面的人。我连瞧他也没瞧,就搬了家,又搬回我妈妈和新爸爸曾经住过的那两间房。这里的人不讲体面,可也更真诚可爱。搬了家以后,我的买卖很不错。连文明人也来了。文明人知道了我是卖,他们是买,就肯来了——这样他们不吃亏,也不丢身份。初干的时候,我很害怕,因为我还不到廿岁,及至做过了几天,我也就不怕了。多咱①他们像了一摊泥,他们才觉得上了算,他们满意,还替我做义务的宣传。干过了几个月,

---

① 多咱:什么时候。

我明白的事情更多了，差不多每一见面，我就能断定他是怎样的人。有的很有钱，这样的人一开口总是问我的身价，表示他买得起我。他也很嫉妒，总想包了我；逛暗娼他也想独占，因为他有钱。对这样的人，我不大招待。他闹脾气，我不怕，我告诉他，我可以找上他的门去，报告给他的太太。在小学里念了几年书，到底是没白念，他唬不住我。"教育"是有用的，我相信了。有的人呢，来的时候，手里就攥着一块钱，唯恐上了当。对这种人，我跟他细讲条件，他就乖乖地回家去拿钱，很有意思。最可恨的是那些油子，不但不肯花钱，反倒要占点便宜走，什么半盒烟卷呀，什么一小瓶雪花膏呀，他们随手拿去。这种人还是得罪不得的，他们在地面上很熟，得罪了他们，他们会叫巡警跟我捣乱。我不得罪他们，我喂着他们；及至我认识了警官，才一个个地收拾他们。世界就是狼吞虎咽的世界，谁坏谁就占便宜。顶可怜的是那像学生样儿的，袋里装着一块钱，和几十铜子，叮当得直响，鼻子上出着汗。我可怜他们，可是也照常卖给他们。我有什么办法呢！还有老头子呢，都是些规矩人，或者家中已然儿孙成群。对他们，我不知道怎样好，但是我知道他们有钱，想在死前买些快乐，我只好供给他们所需要的。这些经验叫我认识了"钱"与"人"。钱比人更厉害一些，人若是兽，钱就是兽的胆子。

三十四

我发现了我身上有了病。这叫我非常的苦痛，我觉得已经不必活下去了。我休息了，我到街上去走，无目的，乱走。我想去看看妈，她必能给我一些安慰，我想象着自己已是快死的人了。我绕到那个小巷，希望见着妈妈，我想起她在门外拉风箱的样子，馒头铺已经关了门。打听，没人知道搬到哪里去。这使我更坚决了，我非找到妈妈不可。在街上丧胆游魂地走了几天，没有一点用。我疑心她是死了，或是和馒头铺的掌柜的搬到别处去，也许在千里以外。这么一想，我哭起来。我穿好了衣裳，擦上了脂粉，在床上躺着，等死。我相信我会不久就死去的。可是我没死，门外又敲门了，找我的。好吧，我伺候他，我把病尽力地传给他。我不觉得这对不起人，这根本不是我的过错。我又痛快了些，我吸烟，我喝酒，我好像已是三四十岁的人了，我的眼圈发青，手心发热，我不再管。有钱才能活着，先吃饱再说别的吧。我吃得并不错，谁肯吃坏的呢！我必须给自己一点好吃食、一些好衣裳，这样才稍微对得起自己一点。

三十五

一天早晨，大概有十点来钟吧，我正披着件长袍在屋里坐着，我听见院中有点脚步声。我十点来钟起来，有时候到十二点才想穿好衣裳，我近来非常的懒，能披着件衣服呆坐一两个钟头。我想不起什么，也不愿想什么，就那么独自呆坐。那点脚步声，向我的门外来了，很轻很慢。不久，我看见一对眼睛，从门上那块小玻璃向里面看呢。看了一会儿，躲开了。我懒得动，还在那儿坐着。待了一会儿，那对眼睛又来了。我再也坐不住，我轻轻地开了门。"妈！"

三十六

我们母女怎么进了屋,我说不上来。哭了多久,也不大记得。妈妈已老得不像样儿了。她的掌柜的回了老家,没告诉她,偷偷地走了,没给她留下一个钱。她把那点东西变卖了,辞退了房,搬到一个大杂院里去。她已找了我半个多月。最后,她想到上这儿来,并没希望找到我,只是碰碰看,可是竟自找到了我。她不敢认我了,要不是我叫她,她也许就又走了。哭完了,我发狂似的笑起来:她找到了女儿,女儿已是个暗娼!她养着我的时候,她得那样;现在轮到我养着她了,我得那样!女儿的职业是世袭的,是专门的!

三十七

我希望妈妈给我点安慰。我知道安慰不过是点空话,可是我还希望来自妈妈的口中。妈妈都往往会骗人,我们把妈妈的诓骗叫作安慰。我的妈妈连这个都忘了。她是饿怕了,我不怪她。她开始检点我的东西,问我的进项和花费,似乎一点也不以这种生意为奇怪。我告诉她,我有了病,希望她劝我休息几天。没有。她只说出去给我买药。"我们老干这个吗?"我问她。她没言语。可是从另一方面看,她确是想保护我、心疼我。她给我做饭,问我身上怎样,还常常偷看我,像妈妈看睡着了的小孩那样。只是有一层她不肯说,就是叫我不用再干这行了。我心中很明白——虽然有一点不满意她——除了干这个,还想不到第二个事情做。我们母女得吃得穿——这个决定了一切。什么母女不母女,什么体面不体面，钱是无情的。

三十八

妈妈想照顾我，可是她得听着看着人家蹂躏我。我想好好地对待她，可是我觉得她有时候讨厌。她什么都要管管，特别是对于钱。她的眼已失去年轻时的光泽，不过看见了钱还能发点光。对于客人，她就自居为仆人，可是当客人给少了钱的时候，她张嘴就骂。这有时候使我很为难。不错，既干这个还不是为钱吗？可是干这个的也似乎不必骂人。我有时候也会慢待人，可是我有我的办法，使客人急不得恼不得。妈妈的方法太笨了，很容易得罪人。看在钱的面上，我们不应当得罪人，我的方法或者出于我还年轻、还幼稚；妈妈便不顾一切地单单站在钱上了，她应当如此，她比我大着好些岁。恐怕再过些年我也就这样了，人老心也跟着老，渐渐老得和钱一样的硬。是的，妈妈不客气，她有时候劈手就抢客人的皮夹，有时候留下人家的帽子或值钱一点的手套与手杖。我很怕闹出事来，可是妈妈说得好："能多弄一个是一个，咱们是拿十年当作一年活着的，等七老八十还有人要咱们吗？"有时候，客人喝醉了，她便把他架出去，找个僻静地方叫他坐下，连他的鞋都拿回来。说也奇怪，这种人倒没有来找账的，想是已人事不知，说不定也许病一大场。或者事过之后，想过滋味，也就不便再来闹了，我们不怕丢人，他们怕。

三十九

妈妈是说对了：我们是拿十年当一年活着。干了两三年，我觉出自己是变了。我的皮肤粗糙了，我的嘴唇老是焦的，我的眼睛里老灰渌渌地带着血丝。我起来得很晚，还觉得精神不够。我觉出这个来，客人们更不是瞎子，熟客渐渐地少起来。对于生客，我更努力地伺候，可是也更厌恶他们，有时候我管不住自己的脾气。我暴躁，我胡说，我已经不是我自己了。我的嘴不由得老胡说，似乎是惯了。这样，那些文明人已不多照顾我，因为我丢了那点"小鸟依人"——他们唯一的诗句——的身段与气味。我得和野鸡学了。我打扮得简直不像个人，这才招得动那不文明的人。我的嘴擦得像个红血瓢，我用力咬他们，他们觉得痛快。有时候我似乎已看见我的死，接进一块钱，我仿佛死了一点。钱是延长生命的，我的挣法适得其反。我看着自己死，等着自己死。这么一想，便把别的思想全止住了。不必想了，一天一天地活下去就是了，我的妈妈是我的影子，我至好不过将来变成她那样，卖了一辈子肉，剩下的只是一些白头发与抽皱的黑皮。这就是生命。

四十

我勉强地笑，勉强地疯狂，我的痛苦不是落几个泪所能减除的。我这样的生命是没什么可惜的，可是它到底是个生命，我不愿撒手。况且我所做的并不是我自己的过错。死假如可怕，那只因为活着是可爱的。我决不是怕死的痛苦，我的痛苦久已胜过了死。我爱活着，而不应当这样活着。我想象着一种理想的生活，像做着梦似的，这个梦一会儿就过去了，实际的生活使我更觉得难过。这个世界不是个梦，是真的地狱。妈妈看出我的难过来，她劝我嫁人。嫁人，我有了饭吃，她可以弄一笔养老金。我是她的希望。我嫁谁呢？

四十一

因为接触的男子很多了，我根本已忘了什么是爱。我爱的是我自己，及至我已爱不了自己，我爱别人干什么呢？但是打算出嫁，我得假装说我爱，说我愿意跟他一辈子。我对好几个人都这样说了，还起了誓，没人接受。在钱的管领下，人都很精明。嫖不如偷，对，偷省钱。我要是不要钱，管保人人说爱我。

四十二

正在这个期间，巡警把我抓了去。我们城里的新官儿非常地讲道德，要扫清了暗门子。正式的妓女倒还照常做生意，因为她们纳捐，纳捐的便是名正言顺的、道德的。抓了去，他们把我放在了感化院，有人教给我做工。洗、做、烹调、编织，我都会。要是这些本事能挣饭吃，我早就不干那个苦事了。我跟他们这样讲，他们不信，他们说我没出息、没道德。他们教给我工作，还告诉我必须爱我的工作。假如我爱工作，将来必定能自食其力，或是嫁个人。他们很乐观。我可没这个信心。他们最好的成绩，是已经有十多个女的，经过他们感化而嫁了人。到

春天的风沙中

这儿来领女人的,只须花两块钱的手续费和找一个妥实的铺保就够了。这是个便宜,从男人方面看;据我想,这是个笑话。我干脆就不受这个感化。当一个大官儿来检阅我们的时候,我唾了他一脸吐沫。他们还不肯放了我,我是带危险性的东西。可是他们也不肯再感化我。我换了地方,到了狱中。

四十三

狱里是个好地方,它使人坚信人类的没有起色;在我做梦的时候都见不到这样丑恶的玩意。自从我一进来,我就不再想出去,在我的经验中,世界比这儿并强不了许多。我不愿死,假若从这儿出去而能有个较好的地方。事实上既不这样,死在哪儿不一样呢。在这里,在这里,我又看见了我的好朋友,月牙儿!多久没见着它了!妈妈干什么呢?我想起来一切。

老字号

钱掌柜走后，辛德治——三合祥的大徒弟，现在很拿点事——好几天没正经吃饭。钱掌柜是绸缎行公认的老手，正如三合祥是公认的老字号。辛德治是钱掌柜手下教练出来的人。可是他并不专因私人的感情而这样难过，也不是自己有什么野心。他说不上来为什么这样怕，好像钱掌柜带走了一些永难恢复的东西。

周掌柜到任。辛德治明白了，他的恐怖不是虚的，"难过"几乎要改成咒骂了。周掌柜是个"野鸡"，三合祥——多少年的老字号！——要满街拉客了！辛德治的嘴撇得像个煮破了的饺子。老手、老字号、老规矩——都随着钱掌柜的走了，或者永远不再回来。钱掌柜，那样正直，那样规矩，把买卖做赔了。东家不管别的，只求年底下多分红。

多少年了，三合祥是永远那么官样大气：金匾黑字，绿装修，黑柜蓝布围子，大杌凳包着蓝呢子套，茶几上永远放着鲜花。多少年了，三合祥除了在灯节才挂上四只宫灯，垂着大红穗子没有任何不合规矩的胡闹八光。多少年了，三合祥没打过价钱、抹过零儿，或是贴张广告，或者减价半月，三合祥卖的是字号。多少年了，柜上没有吸烟卷的，没有大声说话的,有点响声只是老掌柜的咕噜水烟与咳嗽。

这些,还有许许多多可宝贵的老气度、老规矩,由周掌柜一进门,辛德治看出来,全要完!周掌柜的眼睛就不规矩,他不低着眼皮,而是满世界扫,好像找贼呢。人家钱掌柜,老坐在大机凳上合着眼,可是哪个伙计出错了口气,他也晓得。

果然,周掌柜——来了还没有两天——要把三合祥改成蹦蹦戏①的棚子:门前扎起血丝胡拉的一座彩牌,"大减价"每个字有五尺见方,两盏煤气灯,把人们照得脸上发绿。这还不够,门口一档子洋鼓洋号,从天亮吹到三更;四个徒弟,都戴上红帽子,在门口,在马路上,见人就给传单。这还不够,他派定两个徒弟专管给客人送烟递茶,哪怕是买半尺白布,也往后柜让,也递香烟:大兵、清道夫、女招待,都烧着烟卷,把屋里烧得像个佛堂。这还不够,买一尺还饶上一尺,还赠送洋娃娃,伙计们还要和客人随便说笑。客人要买的,假如柜上没有,不告诉人家没有,而拿出别种东西硬叫人家看;买过十元钱的东西,还打发徒弟送了去,柜上买了两辆一走三歪的自行车!

辛德治要找个地方哭一大场去!在柜上十五六年了,没想到过——更不用说见过了——三合祥会落到这步田地!怎么见人呢?合街上有谁不敬重三合祥的?伙计们晚上出来,提着三合祥的大灯笼,连巡警们都另眼看待。那年兵变,三合祥虽然也被抢一空,可是没像左右的铺户那样连门板和"言无二价"的牌子都被摘了走——三合祥的金匾有种尊严!他到城里已经二十来年了,其中的十五六年是在三合祥,三合祥是他的第二家庭,他的说话、咳嗽与蓝布大衫的样式,全是三

---

① 蹦蹦戏:北京以前对评剧的称呼。

合祥给他的。他因三合祥、也为三合祥而骄傲。他给铺子去索债，都被人请进去喝碗茶。三合祥虽是个买卖，可是和照顾主儿们似乎是朋友。钱掌柜是常给照顾主儿行红白人情的。三合祥是"君子之风"的买卖：门凳上常坐着附近最体面的人；遇到街上有热闹的时候，照顾主儿的女眷们到这里向老掌柜借个座儿。这个光荣的历史，是长在辛德治的心里的。可是现在？

辛德治也并不是不晓得，年头是变了。拿三合祥的左右铺户说，多少家已经把老规矩舍弃，而那些新开的更是提不得的，因为根本就没有过规矩。他知道这个。可是因此他更爱三合祥，更替它骄傲。假如三合祥也下了桥，世界就没了！哼，现在三合祥和别人家一样了，假如不是更坏！

他最恨的是对门那家正香村：掌柜的趿拉着鞋，叼着烟卷，镶着金门牙。老板娘背着抱着，好像兜儿里还带着，几个男女小孩，成天出来进去、进去出来，叽叽喳喳，不知喊些什么。老板和老板娘吵架也在柜上，打孩子、给孩子吃奶，也在柜上。摸不清他们是做买卖呢，还是干什么玩呢，只有老板娘的胸口老在柜前陈列着是件无可疑的事儿。那群伙计，不知是从哪儿找来的，全穿着破鞋，可是衣服多半是绸缎的。有的贴着太阳膏，有的头发梳得像漆杓，有的戴着金丝眼镜。再说那份儿厌气：一年到头老是大减价，老悬着煤气灯，老转动着留声机。买过两元钱的东西，老板便亲自让客人吃块酥糖；不吃，他能往人家嘴里送！什么东西也没有一定的价钱，洋钱也没有一定的行市。辛德治永远不正眼看"正香村"那三个字，也永不到那边买点东西。他想不到世上会有这样的买卖，而且和三合祥正对门！

更奇怪的，正香村发财，而三合祥一天比一天衰微。他不明白这是什么道理。难道买卖必定得不按着规矩做才行吗？果然如此，何必学徒呢？是个人就可以做生意了！不能是这样，不能。三合祥到底是不会那样的！谁知道竟自来了个周掌柜，三合祥的与正香村的煤气灯把街道照青了一大截，它们是一对儿！三合祥与正香村成了一对？！这莫非是做梦么？不是梦，辛德治也得按着周掌柜的办法走。他得和客人瞎扯，他得让人吸烟，他得把人诓到后柜，他得拿着假货当真货卖，他得等客人争竞才多放二寸，他得用手术量布——手指一捻就抽回来一块！他不能受这个！

可是多数的伙计似乎愿意这么做。有个女客进来，他们恨不能把她围上，恨不能把全铺子的东西都搬来给她瞧，等她买完——哪怕是买了二尺搽布——他们恨不能把她送回家去。周掌柜喜爱这个，他愿意伙计们折跟头、打把式，更好是能在空中飞。

周掌柜和正香村的老板成了好朋友。有时候还凑上天成的人们打打"麻将"。天成也是本街上的绸缎店，开张也有四五年了，可是钱掌柜就始终没招呼过他们。天成故意和三合祥打对仗，并且吹出风来，非把三合祥顶趴下不可。钱掌柜一声也不出，只偶尔说一句：咱们做的是字号。天成一年倒有三百六十五天是纪念日，大减价。现在天成的人们也过来打牌了。辛德治不能搭理他们。他有点空闲，便坐在柜里发愣，面对着货架子——原先架上的布匹都用白布包着，现在用整幅的通天扯地地做装饰，看着都眼晕，那么花红柳绿的！三合祥已经完了，他心里说。

但是，过了一节，他不能不佩服周掌柜了。节下报账，虽然没赚什么，可是没赔。周掌柜笑着给大家解释："你们得记住，这是我的头一节呀！我还有好些没施展出来的本事呢。还有一层，扎牌楼，赁煤气灯……

哪个不花钱呢?所以呀!"他到说上劲来的时节总这么"所以呀"一下。

"日后无须扎牌楼了,咱会用更新的、更省钱的办法,那可就有了赚头,所以呀!"辛德治看出来,钱掌柜是回不来了,世界的确是变了。周掌柜和天成、正香村的人们说得来,他们都是发财的。

过了节,检查日货嚷嚷动了。周掌柜疯了似的上东洋货。检查队已经出动,周掌柜把东洋货全摆在大面上,而且下了命令:"进来买主,先拿日本布;别处不敢卖,咱们正好做一批生意。看见乡下人,明说这是东洋布,他们认这个;对城里的人,说德国货。"

检查队到了。周掌柜脸上要笑出几个蝴蝶儿来,让吸烟,让喝茶。"三合祥,冲这三个字,不是卖东洋货的地方,所以呀!诸位看吧!门口那些有德国布,也有土布;内柜都是国货绸缎,小号在南方有联号,自办自运。"

大家疑心那些花布。周掌柜笑了:"张福来,把后边剩下的那匹东洋布拿来。"

布拿来了。他扯住检查队的队长:"先生,不屈心,只剩下这么一匹东洋布,跟先生穿的这件大衫一样的材料,所以呀!"他回过头来,"福来,把这匹料子扔到街上去!"

队长看着自己的大衫,头也没抬,便走出去了。

这批随时可以变成德国货、国货、英国货的日本布赚了一大笔钱。有识货的人,当着周掌柜的面,把布扔在地上,周掌柜会笑着命令徒弟,"拿真正西洋货去,难道就看不出先生是懂眼的人吗?"然后对买主,"什么人要什么货,白给你这个,你也不要,所以呀!"于是又做了一号买卖。客人临走,好像怪舍不得周掌柜。辛德治看透了,做买卖打算要赚钱的话,得会变戏法、说相声。周掌柜是个人物。可是辛德治不想再在这儿干,他越佩服周掌柜,心里越难过。他的饭由脊梁骨下去。打算睡得安稳一些,他得离开这样的三合祥。

可是,没等到他在别处找好位置,周掌柜上天成领东去了。天成需要这样的人,而周掌柜也愿意去,因为三合祥的老规矩太深了,仿佛是长了根,他不能充分施展他的才能。

辛德治送出周掌柜去,好像是送走了一块心病。

对于东家们,辛德治以十五六年老伙计的资格,是可以说几句话的,虽然不一定发生什么效力。他知道哪些位东家是更老派一些,他知道怎样打动他们。他去给钱掌柜运动,也托出钱掌柜的老朋友们来帮忙。他不说钱掌柜的一切都好,而是说钱与周二位各有所长,应当折中一下,不能死守旧法,也别改变得太过火。老字号是值得保存的,新办法也得学着用。字号与利益两顾着——他知道这必能打动东家们。

他心里,可是,另有个主意。钱掌柜回来,一切就都回来,三合祥必定是"老"三合祥,要不然便什么也不是。他想好了:减去煤气灯、洋鼓洋号、广告、传单、烟卷,至逼不得已的时候,还可以减人,大概可以省去一大笔开销。况且,不出声而贱卖,尺大而货物地道。难道人们就都是傻子吗?

钱掌柜果然回来了。街上只剩了正香村的煤气灯,三合祥恢复了昔日的肃静,虽然因为欢迎钱掌柜而悬挂上那四个宫灯,垂着大红穗子。

三合祥挂上宫灯那天,天成号门口放了两只骆驼,骆驼身上披满了各色的缎条,驼峰上安着一明一灭的五彩电灯。骆驼的左右辟了抓彩部,一人一毛钱,凑足了十个人就开彩,一毛钱有得一匹摩登绸的希望。天成门外成了庙会,挤不动的人。真有笑嘻嘻夹走一匹摩登绸的嘛!

三合祥的门凳上又罩上蓝呢套，钱掌柜眼皮也不抬，在那里坐着。伙计们安静地坐在柜里，有的轻轻拨弄算盘珠儿，有的徐缓地打着哈欠，辛德治口里不说什么，心中可是着急。半天儿能不进来一个买主。偶尔有人在外边打一眼，似乎是要进来，可是看看金匾，往天成那边走去。有时候已经进来，看了货，因不打价钱，又空手走了。只有几位老主顾，时常来买点东西，可也有时候只和钱掌柜说会儿话，慨叹着年月这样穷，喝两碗茶就走，什么也不买。辛德治喜欢听他们说话，这使他想起昔年的光景，可是他也晓得，昔年的光景，大概不会回来了。这条街只有天成"是"个买卖！

过了一节，三合祥非减人不可了。辛德治含着泪和钱掌柜说："我一人干五个人的活，咱们不怕！"老掌柜也说："咱们不怕！"辛德治那晚睡得非常香甜，准备次日干五个人的活。

可是过了一年，三合祥倒给天成了。

阳光

一

想起幼年来，我便想到一株细条而开着朵大花的牡丹，在春晴的阳光下，放着明艳的红瓣儿与金黄的蕊。我便是那朵牡丹。偶尔有一点愁恼，不过像一片早霞，虽然没有阳光那样鲜亮，到底还是红的。我不大记得幼时有过阴天。不错，有的时候确是落了雨，可是我对于雨的印象是那美的虹、积水上飞来飞去的蜻蜓，与带着水珠的花。自幼我就晓得我的娇贵与美丽。自幼我便比别的小孩精明，因为我有机会学事儿。要说我比别人多会着什么，倒未必，我并不须学习什么。可是我精明，这大概是因为有许多人替我做事，我一张嘴，事情便做成了。这样，我的聪明是在怎样支使人，和判断别人做得怎样：好，还是不好。所以我精明。别人比我低，所以才受我的支使；别人比我笨，所以才不能老满足我的心意。地位的优越使我精明。可是我不愿承认地位的优越，而永远自信我很精明。因此，不但我是在阳光中，而且我自居是个明艳光暖的小太阳，我自己发着光。

二

我的父母兄弟，要是比起别人的，都很精明体面。可是跟我一比，他们还不算顶精明、顶体面。父母只有我这么一个女儿，兄弟只有我这么一个姊妹，我天生来得可贵。连父母都得听我的话。我永远是对的。我要在平地上跌倒，他们便争着去责打那块地；我要是说苹果咬了我的唇，他们便齐声地骂苹果。我并不感谢他们，他们应当服从我。世上的一切都应当服从我。

三

记忆中的幼年是一片阳光，照着没有经过排列的颜色，像风中的一片各色的花，摇动复杂而浓艳。我也记得我曾害过小小的病，但是病更使我娇贵，添上许多甜美的细小的悲哀，与意外的被人怜爱。我现在还记得那透明的冰糖块儿，把药汁的苦味减到几乎是可爱的。在病中我是温室里的早花，虽然稍微细弱一些，可是更秀丽可喜。

四

到学校去读书是较大的变动，可是父母的疼爱与教师的保护使我只记得我的胜利，而忘了那一点点痛苦。在低级里，我已经觉出我自己的优越。我不怕生人，对着生人我敢唱歌、跳舞。我的装束永远是最漂亮的。我的成绩也是最好的，假若我有做不上来的，回到家中自有人替我做成，而最高的分数是我的。因为这些学校中的训练，我也在亲友中得到美誉与光荣，我常去给新娘子拉纱，或提着花篮，我会眼看着我的脚尖慢慢地走，觉出我的腮上必是红得像两瓣儿海棠花。我的玩具，我的学校用品，都证明我的阔绰。我很骄傲，可也有时候很大方，我爱谁就给谁一件东西。在我生气的时候，我随便撕碎摔坏我的东西，使大家知道我的脾气。

五

入了高小，我开始觉出我的价值。我厉害，我美丽，我会说话，我背地里听见有人讲究我，说我聪明外露，说我的鼻孔有点向上翻着。我对着镜子细看，是的，他们说对了。但是那并不减少我的美丽。至于聪明外露，我喜欢这样。我的鼻孔向上撑着点，不但是件事实而且我自傲有这件事实。我觉出我的鼻孔可爱，它向上翻着点，好像是藐视一切，和一切挑战。我心中的最厉害的话先由鼻孔透出一点来，当我说过了那样的话，我的嘴唇向下撇一些，把鼻尖坠下来，像花朵在晚间自己并上那样甜美的自爱。对于功课，我不大注意，我的学校里本来不大注意功课。况且功课与我没多大关系，我和我的同学们都是阔家的女儿，我们顾衣裳与打扮还顾不来，哪有工夫去管功课呢。学校里的穷人与先生与工友们！我们不能听工友的管辖，正像不能受先生们的指挥。先生们也知道她们不应当管学生。况且我们的名誉并不因此而受损失。讲跳舞，讲唱歌，讲演剧，都是我们的最好，每次赛会都是我们第一。就是手工图画也是我们的最好，我们买得起的材料，别的学校的学生买不起。我们说不上爱学校与先生们来，可也不恨它与她们,我们的光荣常常与学校分不开。

六

在高小里,我的生活不尽是阳光了。有时候我与同学们争吵得很厉害。虽然胜利多半是我的,可是在战斗的期间到底是费心劳神的。我们常因服装与头发的式样,或别种小的事,发生意见,分成多少党。我总是做首领的。我得细心地计划,因为我是首领。我天生来是该做首领的,多数的同学好像是木头做的,只能服从,没有一点主意,我是她们的脑子。

七

在毕业的那一年,我与班友们都自居为大姑娘了。我们非常地爱上学。不是对功课有兴趣,而是我们爱学校中的自由。我们三个一群,两个一伙,挤着搂着,充分自由地讲究那些我们并不十分明白而愿意明白的事。我们不能在另一个地方找到这种谈话与欢喜,我们不再和小学生们来往,我们所知道的和我们以为已经知道的那些事使我们觉得像小说中的女子。我们什么也不知道,也不愿意知道什么;我们只喜爱小说中的人与事。我们交换着知识使大家都走入一种梦幻境界。我们知道许多女侠、许多烈女、许多不守规矩的女郎。可是我们所最喜欢的是那种多心眼的、痴情的女子,像林黛玉那样的。我们都愿意聪明,能说出些尖酸而伤感的话。我们管我们的课室叫"大观园"。是的,我们也看电影,但是电影中的动作太粗野,不像我们理想中的那么缠绵。我们既都是阔家的女儿，在谈话中也低声报告着在家中各人所看到的事，关于男女的事。这些事正如电影中的，能满足我们一时的好奇心，而没有多少味道。我们不希望干那些姨太太们所干的事，我们都自居为真正的爱人，有理想，有痴情，虽然我们并不懂得什么。无论怎说吧，我们的一半纯洁一半污浊的心使我们愿意听那些坏事，而希望自己保持住娇贵与聪明。我们是一群十四五岁的鲜花。

八

在初入中学的时候，我与班友们由大姑娘又变成了小姑娘。高年级的同学看不起我们。她们不但看不起我们，也故意地戏弄我们。她们常把我们捉了去，做她们的 dear，大学生自居为男子。这个，使我们害羞，可是并非没有趣味。这使我觉到一些假装的，同时又有点味道的，爱恋情味。我们仿佛是由盆中移到地上的花，虽然环境的改变使我们感觉不安，可是我们也正在吸收新的更有力的滋养。我们觉出我们是女子，觉出女子的滋味，而自惜自怜。在这个期间，我们对于电影开始吃进点味儿，看到男女的长吻，我们似乎明白了些意思。

九

到了二三年级，我们不这么老实了。我简直可以这么说，这两年是我的黄金时代。高年级的学生没有我们的胆量大，低年级的有我们在前面挡着也闹不起来。只有我们，既然和高年级的同学学到了许多坏招数，又不像新学生那样怕先生。我们要干什么便干什么。高年级的学生会思索，我们不必思索；我们的脸一红，动作就跟着来了，像一口血似的啐出来。我们粗暴、小气，使人难堪，一天到晚唧唧咕咕，笑不正经笑，哭也不好生哭。我非常好动怒，看谁也不顺眼。我爱做的不就去好好做，我不爱做的就干脆不去做，没有理由，更不屑于解释。这样，我的脾气越大，胆子也越大。我不怕男学生追我了。我与班友们都有了追逐的男学生。而且以此为荣。可是男学生并追不上我们，他们只使我们心跳，使我们彼此有的谈论，使我们成了电影狂。及至有机会真和男人——亲戚或家中的朋友——见面，我反倒吐吐舌头或端端肩膀，说不出什么，更谈不到交际。在事后，我觉得泄气，不成体统，可是没有办法。人是要慢慢长起来的，我现在明白了。但是，无论怎说吧，这是个黄金时代。一天一天糊糊涂涂地过去，完全没有忧虑，像棵傻大的热带的树，常开着花，一年四季是春天。

十

提到我的聪明，哼，我的鼻尖还是向上翻着点；功课呢，虽然不能算是最坏的，可至好也不过将就得个丙等。做小孩的时候，我愿意人家说我聪明；入了中学，特别是在二三年级的时候，我讨厌人家夸奖我。自然我还没完全丢掉争强好胜的心，可是不在功课上，因此，对于先生的夸奖我觉得讨厌。有的同学在功课上处处求好，得到荣誉，我恨这样的人。在我的心里，我还觉得我聪明；我以为我是不屑于表现我的聪明，所以得的分数不高；那能在功课上表现出才力来的不过是多用着点工夫而已，算不了什么。我才不那么傻用工夫，多演几道题，多作一些文章，干什么用呢？我的父母并没仗着我的学问才有饭

100

吃。况且我的美已经是出名的，报纸上常有我的相片，称我为高才生、大家闺秀。用功与否有什么关系呢？我是个风筝，高高地在春云里，大家都仰着头看我，我只需晃动着，在春风里游戏便够了。我的上下左右都是阳光。

十一

可是到了高年级，我不这么野调无腔的了。我好像开始觉到我有了个固定的人格，虽然不似我想象的那么固定，可是我觉得自己稳重了一些，身中仿佛有点沉重的气儿。我想，这一方面是由于我的家庭，一方面是由于我自己的发育，而成的。我的家庭是个有钱而自傲的，不允许我老淘气精似的；我自己呢，从身体上与心灵上都发展着一些精微的、使我自怜的什么东西。我自然地应当自重。因为自重，我甚至于有时候循着身体或精神上的小小病痛，而显出点可怜的病态与娇羞。我好像正在培养着一种美，叫别人可怜我而又得尊敬我的美。我觉出我的尊严，而愿显露出自己的娇弱。其实我的身体很好。因为身体好，所以才想象到那些我所没有的姿态与秀弱。我仿佛要把女性所有的一切动人的情态全吸收到身上来。女子对于美的要求，至少是我这么想，是得到一切，要不然便什么也没有也好。因为这个绝对的要求，我们能把自己的一点美好扩展得像一个美的世界。我们醉心地搜求发现这一点点美所包含的力量与可爱。不用说，这样发现自己、欣赏自己，不知不觉地有个目的，为别人看。在这个时节我对于男人是老设法躲避的。我知道自己的美，而不能轻易给谁，我是有价值的。我非常的自傲，理想很高。影影绰绰地我想到假如我要属于哪个男人，他必是世间罕有的美男子，把我带到天上去。

十二

因为家里有钱，所以我得加倍地自尊自傲。有钱，自然得骄傲，因为钱多而发生的不体面的事，使我得加倍骄傲。我这时候有许多看不上眼的事都发生在家里，我得装出我们是清白的。钱买不来道德，我得装成好人。我家里的人用钱把别人家的女子买来，而希望我给他们转过脸来。别人家的女儿可以糟蹋在他们的手里，他们的女子——我——可得纯洁，给他们争脸面。我父亲、哥哥，都弄来女人，他们的乱七八糟都在我眼里。这个使我轻看他们，也使他们更重看我，他们可以胡闹，我必须贞洁。我是他们的希望。这个，使我清醒了一些，不能像先前那么欢蹦乱跳的了。

十三

可是在清醒之中，我也有时候因身体上的刺激，与心里对父兄的反感，使我想到去浪漫。我凭什么为他们而守身如玉呢？我的脸好看，我的身体美好，我有青春，我应当在个爱人的怀里。我还没想到结婚与别的大问题，我只想把青春放出一点去，像花不自己老包着香味，而是随着风传到远处去。在这么想的时节，我心中的天是蓝得近乎翠绿，我是这蓝绿空中的一片桃红的霞。可是一回到家中，我看到的是黑暗。我不能不承认我是比他们优越，于是我也就更难处置自己。即使我要肉体上的快乐，我也比他们更理想一些。因此，我既不能完全与他们一致，又恨我不能实际地得到什么。我好像是在黄昏中，不像白天也不像黑夜。我失了我自幼所有的阳光。

十四

我很想用功，可是安不下心去。偶尔想到将来，我有点害怕：我会什么呢？假若我有朝一日和家庭闹翻了，我仗着什么活着呢？把自己细细地分析一下，除了美丽，我什么也没有。可是再一想呢，我不会和家中决裂，即使是不可免的，现在也无须那样想。现在呢，我是富家的女儿；将来我总不至于陷在穷苦中吧。我庆幸我的命运，以过去的幸福预测将来的一帆风顺。在我的手里，不会有恶劣的将来，因为目前我有一切的幸福。何必多虑呢，忧虑是软弱的表示。我的前途是征服，正像我自幼便立在阳光里，我的美永远能把阳光吸了来。在这个时候，我听见一点使我不安的消息：家中已给我议婚了。

十五

我才十九岁！结婚，这并没吓住我；因为我老以为我是个足以保护自己的大姑娘。可是及至这好像真事似的要来到头上，我想起我的岁数来，我有点怕了。我不应这么早结婚。即使非结婚不可，也得容我自己去找到理想的英雄；我的同学们哪个不是抱着这样的主张，况且我是她们中最聪明的呢。可是，我也偷偷听到，家中所给提的人家，是很体面的，很有钱，有势力；我又痛快了点。并不是我想随便地被家里把我聘出去，我是觉出我的价值——不论怎说，我要是出嫁，必嫁个阔公子，跟我的兄弟一样。我过惯了舒服的日子，不能嫁个穷汉。我必须继续着在阳光里。这么一想，我想象着我已成了个少奶奶，什么都有，金钱，地位，服饰，仆人，这也许是有趣的。这使我有点害羞，可也另有点味道，一种渺茫而并非不甜美的味道。

十六

这可只是一时的想象。及至我细一想，我决定我不能这么断送了自己；我必须先尝着一点爱的味道。我是个小姐，但是在爱的里面我满可以把"小姐"放在一边。我忽然想自由，而自由必先平等。假如我爱谁，即使他是个叫花子也好。这是个理想；非常的高尚，我觉得。可是，我能不能爱个叫花子呢？不能！先不用提乞丐，就是拿个平常人说吧，一个小官，或一个当教员的，他能养得起我吗？别的我不知道，我知道我不会受苦。我生来是朵花，花不会工作，也不应当工作。花只嫁给富丽的春天。我是朵花，就得有花的香美，我必须穿得华丽，打扮得动人，有随便花用的钱，还有爱。这不是野心，我天生的是这样的人，应当享受。假若有爱而没有别的，我没法想到爱有什么好处。我自幼便精明，这时候更需要精明地思索一番了。我真用心思索了，思索得甚至于有点头疼。

十七

我的不安使我想到动作。我不能像乡下姑娘那样安安顿顿地被人家娶了走。我不能。可是从另一方面想，我似乎应当安顿着。父母这么早给我提婚，大概就是怕我不老实而丢了他们的脸。他们想乘我还全须全尾地送了出去，成全了他们的体面，免去了累赘。为做父母的想，这或者是很不错的办法，但是我不能忍受这个；我自己是个人，自幼儿娇贵；我还是得做点什么，做点惊人的，浪漫的，而又不吃亏的事。说到归齐，我是个"新"女子呀，我有我的价值呀！

十八

机会来了！我去给个同学做伴娘，同时觉得那个伴郎似乎可爱。即使他不可爱，在这么个场面下，也当可爱。看着别人结婚是最受刺激的事：新夫妇，伴郎伴娘，都在一团喜气里，都拿出生命中最像玫瑰的颜色，都在花的香味里。爱，在这种时候，像风似的刮出去刮回来，大家都荡漾着。我觉得我应当落在爱恋里，假如这个场面是在爱的风里。我，说真的，比全场的女子都美丽。设若在这里发生了爱的遇合，而没有我的事，那是个羞辱。全场中的男子就是那个伴郎长得漂亮，我要征服，就得是他。这自然只是环境使我这么想，我还不肯有什么举动；一位小姐到底是小姐。虽然我应当要什么便过去拿来，可是爱情这种事顶好得维持住点小姐的身份。及至他看我了，我可是没了主意。也就不必再想主意，他先看我的，我总算没丢了身份。况且我早就想他应当看我呢。他或者是早就明白了我的心意，而不能不照办；他既是照我的意思办，那就不必再否认自己了。

十九

事过之后,我走路都特别的爽利。我的胸脯向来没这样挺出来过,我不晓得为什么我老要笑,身上轻得像根羽毛似的。在我要笑的时节,我渺茫地看到一片绿海,被春风吹起些小小的浪。我是这绿波上的一只小船,挂着雪白的帆,在阳光下缓缓地飘浮,一直飘到那满是桃花的岛上。我想不到什么更具体的境界与事实,只感到我是在春海上游戏。我倒不十分地想他,他不过是个灵感。我还不会想到他有什么好处,我只觉得我的初次的胜利,我开始能把我的香味送出去,我开始看见一个新的境界,认识了个更大的宇宙,山水花木都由我得到鲜艳的颜色与会笑的小风。我有了力量,四肢有了弹力,我忘了我的聪明与厉害,我温柔得像一团柳絮。我设若不能再见到他,我想我不会惦记着他,可是我将永久忘不下这点快乐,好像头一次春雨那样不易被忘掉。有了这次春雨,一切便有了主张,我会去创造一个顶完美的春天。我的心展开了一条花径,桃花开后还有紫荆呢。

二十

可是,他找我来了。这个破坏了我的梦境,我落在尘土上,像只伤了翅的蝴蝶。我不能不拿出我在地上的手段来了。我不答理他,我有我的身份。我毫不迟疑地拒绝了他。等他羞惭地还勉强笑着走去之后,我低着头慢慢地走,我的心中看清楚我全身的美,甚至我的后影。我是这样的美,我觉得我是立在高处的一个女神刻像,只准人崇拜,不许动手来摸。我有女神的美,也有女神的智慧与尊严。

二十一

过了一会儿,我又盼他再回来了:不是我盼望他、惦记他,他应当回来,好表示出他的虔诚,女神有时候也可以接收凡人的爱,只要他虔诚。果然在不久之后,他又来了。这使我心里软了点。可是我还不能就这么轻易给他什么,我自幼便精明,不能随便任着冲动行事。我必须把他揉搓得像块皮糖,能绕在我的小手指上,我才能给他所要求的百分之一二。爱是一种游戏,可由得我出主意。我真有点爱他了,因为他供给了我做游戏的材料。我总让他闻见我的香味,而这个香味像一层厚雾隔开他与我,我像雾后的一个小太阳,微微地发着光,能把四围射成一圈红晕,但是他觉不到我的热力,也看不清楚我。我非常地高兴,我觉出我青春的老练,像座小春山似的,享受着春的雨露,而稳固不能移动。我自信对男人已有了经验,似乎把我放在什么地方,我也可以有办法。我没有可怕的了,我不再想林黛玉,黛玉那种女子已经死绝了。

二十二

因此我越来越胆大了。我的理想是变成电影中那个红发女郎,多情而厉害,可以叫人握着手,及至他要吻的时候,就抡手给他个嘴巴。我不稀罕他请我看电影,请我吃饭,或送给我点礼物。我自己有钱。我要的是香火,我是女神。自然我有时候也希望一个吻,可是我的爱应当是另一种，一种没有吻的爱，我不是普通的女子。他给我开了爱的端，我只感激他这点。我的脚底下应有一群像他的青年男子。我的脚是多么好看呢！

二十三

家中还进行着我的婚事。我暗中笑他们，一声儿不出。我等着。等到有了定局再说，我会给他们一手儿看看。是的，我得多预备人，万一到和家中闹翻的时候，好挑选一个捉住不放。我在同学中成了顶可羡慕的人，因为我敢和许多男子交际。那些只有一个爱人的同学，时常地哭，把眼哭得桃儿似的。她们只有一个爱人，而且任着他的性儿欺侮，怎能不哭呢。我不哭，因为我有准备。我看不起她们，她们把小姐的身份作丢了。她们管哭哭啼啼叫作爱的甘蔗，我才不吃这样的甘蔗，我和她们说不到一块。她们没有脑子。她们常受男人的骗。回到宿舍哭一整天，她们引不起我的同情，她们该受骗！我在爱的海边游泳，她们闭着眼往里跳。这群可怜的东西。

二十四

中学毕了业，我要求家中允许我入大学。我没心程读书，只为多在外面玩玩，本来嘛，洗衣有老妈，做衣裳有裁缝，做饭有厨子，教书有先生，出门有汽车，我学本事干什么呢？我得入学，因为别的女子有入大学的，我不能落后，我还想出洋呢。学校并不给我什么印象，我只记得我的高跟鞋在洋灰路上或地板上的响声，咯噔咯噔的，怪好听。我的宿室顶阔气，床下堆着十来双鞋，我永远不去整理它们，就那么堆着。屋中越乱越显出阔气。我打扮好了出来，像个青蛙从水中跳出，谁也想不到水底下有泥。我的眉须画半点多钟，哪有工夫去收拾屋子呢？赶到下雨的天，鞋上沾了点泥，我才去访那好清洁的同学，把泥留在她的屋里。她们都不敢惹我。入学不久我便被举为学校的皇后。与我长得同样美的都失败了，她们没有脑子，没有手段，我有。在中学交的男朋友全断绝了关系，连那个伴郎。我的身份更高了，我的阅历更多了，我既是皇后，至少得有个皇帝做我的爱人。被我拒绝了的那些男子还有时候给我来信，都说他们常常因想我而落泪。落吧，我有什么法子呢？他们说我狠心，我何尝狠心呢？我有我的身份、理想，与美丽。爱和生命一样，经验越多便越高明，聪明的爱是理智的，多咱爱把心迷住——我由别人的遭遇看出来——便是悲剧。我不能这么办。做了皇后以后，我的新朋友很多很多了。我戏耍他们、嘲弄他们，他们都羊似的驯顺老实。这几乎使我绝望了，我找不到可征服的，他们永远投降，没有一点战斗的心思与力量。谁说男子强硬呢？我还没看见一个。

二十五

我的办法使我自傲，但是和别人的一比较，我又有点嫉妒：我觉得空虚。别的女同学每每因为恋爱的波折而极伤心地哭泣，或因恋爱的成功而得意，她们有哭有笑，我没有。在一方面呢，我自信比她们高明，在另一方面呢，我又希望我也应表示出点真的感情。可是我表示不出，我只会装假，我的一切举动都被那个"小姐"管束着，我没了自己。说话,我团着舌头;行路,我扭着身儿;笑,只有声音。我做小姐做惯了,凡事都有一定的程式,我找不到自己在哪儿。因此,我也想热烈一点、愚笨一点,也使我能真哭真笑。可是不成功。我没有可哭的事,我有一切我所需要的;我也不会狂喜,我不是三岁的小孩儿能被一件玩意儿哄得跳着脚儿笑。我看父母,他们的悲喜也多半是假的,只在说话中用几个适当的字表示他们的情感,并不真动感情。有钱,天下已没有可悲的事;欲望容易满足,也就无从狂喜。他们微笑着表示出气度不凡与雍容大雅。可是我自己到底是个青年女郎,似乎至少也应当偶然愚傻一次,我太平淡无奇了。这样,我开始和同学们捣乱了,谁叫她们有哭有笑而我没有呢?我设法引诱她们的"朋友",和她们争斗,希望因失败或成功而使我的感情运动运动。结果,女同学们真恨我了,而我还是觉不到什么重大的刺激。我太聪明了、开通了,一定是这样。可是几时我才能把心打开,觉到一点真的滋味呢?

二十六

我几乎有点着急了,我想我得闭上眼往水里跳一下,不再细细地思索,跳下去再说。哼,到了这个时节,也不知怎么了,男子不上我的套儿了。他们跟我敷衍,不更进一步使我尝着真的滋味,他们怕我。我真急了,我想哭一场,可是无缘无故的怎好哭呢?女同学们的哭都是有理由的。我怎能白白地不为什么而哭呢?况且,我要是真哭起来,恐怕也得不到同情,而只招她们暗笑。我不能丢这个脸。我真想不再读书了,不再和这群破同学们周旋了。

二十七

正在这个期间,家中已给我定了婚。我可真得细细思索一番了。我是个小姐——我开始想——小姐的将来是什么?这么一问我把许多男朋友从心中注销了。这些男朋友都不能维持住我——小姐——所希望的将来。我的将来必须与现在差不多,最好是比现在还好上一些。家中给找的人有这个能力。我的将来,假如我愿嫁他,可很保险的。可是爱呢?这可有点不好办。那群破女同学在许多事上不如我,可是在爱上或者足以向我夸口,我怎能在这一点上输给她们呢?假若她们知道我的婚姻是家中给定的,她们得怎样轻看我呢?这倒真不好办了!既无顶好的办法,我得退一步想了:倘若有个男子,既然可以给我爱,而且对将来的保障也还下得去,虽不能十分满意,我是不是该当下嫁他呢?这把小姐的身份与应有的享受牺牲了些,可是有爱足以抵补。说到归齐,我是位新式小姐呀。是的,可以这么办。可是,这么办,怎样对付家里呢?奋斗,对,奋斗!

二十八

我开始奋斗了,我是何等的强硬呢,强硬得使我自己可怜我自己了。家中的人也很强硬呀,我真没想到他们会能这么样。他们的态度使我怀疑我的身份了,他们一向是怕我的,为什么单在这件事上这么坚决呢?大概他们是并没有把我看在眼里,小事由着我,大事可得他们拿主意。这可使我真动了气。啊,我明白了点什么,我并不是像我所想的那么贵重。我的太阳没了光,忽然天昏地暗了。

二十九

怎办呢?我既是位小姐,又是个"新"小姐,这太难安排了。我好像被圈在个夹壁墙里了,没法儿转身。身份地位是必要的,爱也是必要的,没有哪样也不行。即使我肯舍去一样,我应当舍去哪个呢?我活了这么大,向来没有着过这样的急。我不能只为我打算,我得为"小姐"打算,我不是平常的女子。抛弃了我的身份,是对不起自己。我得勇敢,可不能装疯卖傻,我不能把自己放在危险的地方。那些男朋友都说爱我,可是哪一个能满足我所应当要的、必得要的呢?他们多数是学生,他们自己也不准知道他们的将来怎样;有一两个怪漂亮的助教也跟我不错,我能不能要个小小的助教?即使他们是教授,教授还不是一群穷酸?我应当、必须,对得起自己,把自己放在最高最美丽的地点。

三十

奋斗了许多日子,我自动地停战了。家中给提的人家到底是合乎我的高尚的自尊的理想。除了欠着一点爱,别的都合适。爱,说回来,值多少钱一斤呢?我爽性不上学了,既怕同学们暗笑我,就躲开她们好了。她们有爱,爱把她们拉到泥塘里去!我才不那么傻。在家里,我很快乐,父母们对我也特别的好。我开始预备嫁衣。做好了,我偷偷地穿上看一看,戴上钻石的戒指与胸珠,确是足以压倒一切!我自傲幸而我机警，能见风转舵，使自己能成为最可羡慕的新娘子，能把一切女人压下去。假若我只为了那点爱，而随便和个穷汉结婚，头上只戴上一束纸花，手指套上个铜圈，头纱在地上抛着一尺多，我怎样活着，羞也羞死了！

三十一

自然我还不能完全忘掉那个无利于实际而怪好听的字——爱。但是没法子再转过这个弯儿来。我只好拿这个当作一种牺牲，我自幼儿还没牺牲过什么，也该挑个没多大用处的东西扔出去了。况且要维持我的"新"还另有办法呢，只要有钱，我的服装、鞋袜、头发的样式，都足以做新女子的领袖。只要有钱，我可以去跳舞、交际、到最文明而热闹的地方去。钱使人有生趣、有身份、有实际的利益。我想象着结婚时的热闹与体面、婚后的娱乐与幸福，我的一生是在阳光下，永远不会有一小片黑云。我甚至于迷信了一些，觉得父母看宪书[①]、择婚日，都是善意的，婚仪虽是新式的，可是择个吉日吉时也并没什么可反对的。他们是尽其所能地使我吉利顺当。我预备了一件红小袄，到婚期好穿在里面，以免身上太素淡了。

三十二

不能不承认我精明，我做对了！我的丈夫是个顶有身份、顶有财

[①] 宪书：历书。

产、顶体面，而且顶有道德的人。他很精明，可是不肯自由结婚。他是少年老成，事业是新的，思想是新的，而愿意保守着旧道德。他的婚姻必须经过父母之命、媒妁之言，他要给胡闹的青年们立个好榜样，要挽回整个社会道德的堕落。他是二十世纪的孔孟，我们的结婚相片在各报纸上刊出来，差不多都有一些评论，说我们俩是挽救颓风的一对天使！我在良心上有点害羞了，我曾想过奋斗呢！曾经要求过爱的自由呢！幸而我转变得那么快，不然……

三十三

我的快乐增加了我的美丽，我觉得出全身发散着一种新的香味，我胖了一些，而更灵活、大气，我像一只彩凤！可是我并不专为自己的美丽而欣喜，丈夫的光荣也在我身上反映出去，到处我是最体面最有身份最被羡慕的太太。我随便说什么都有人爱听。在做小姐的时候，我的尊傲没有这么足。小姐是一股清泉，太太是一座开满了桃李的山。山是更稳固的、更大样的、更显明的，更有一定的形式与色彩的。我是一座春山，丈夫是阳光，射到山坡上，我腮上的桃花向阳光发笑，那些阳光是我一个人的。

三十四

可是我也必得说出来。我的快乐是对于我的光荣的欣赏，我像一朵阳光下的花，花知道什么是快乐吗？除了这点光荣，我必得说，我并没有从心里头感到什么可快活的。我的快活都在我见客人的时候、出门的时候,像只挂着帆、顺风而下的轻舟,在晴天碧海的中间儿。赶到我独自坐定的时候,我觉到点空虚,近于悲哀。我只好不常独自坐定,我把帆老挂起来,有阵风儿我便出去。我必须这样,免得万一我有点不满意的念头。我必须使人知道我快乐,好使人家羡慕我。还有呢,我必须谨慎一点,因为我的丈夫是讲道德的人,我不能得罪他而把他给我的光荣糟蹋了。我的光荣与身份值得用心看守着,可是因此我的快活有时候成为会变动的、像忽晴忽阴的天气,冷暖不定。不过,无论怎么说吧,我必须努力向前;后悔是没意思的,我顶好利用着风力把我的一生光美地度过去;我一开首总算已遇到顺风了,往前走就是了。

三十五

以前的事像离我很远了,我没想到能把它们这么快就忘掉。自从结婚那一天我仿佛忽然入了另一个世界,就像在个新地方酣睡似的,猛一睁眼,什么都是新的。及至过了相当时期,我又逐渐地把它们想起来,一个一个的,零散的,像拾起一些散在地上的珠子。赶到我把这些珠子又串起来,它们给我一些形容不出的情感,我不能再把这串珠子挂在项上,拿不出手来了。是的,我的丈夫的道德使我换了一对眼睛,用我这对新眼睛看,我几乎有点后悔从前是那样的狂放了。我纳闷,为什么他——一个社会上的柱石——要娶我呢?难道他不晓得我的行为吗?是,我知道,我的身份家庭足以配得上他,可是他不能不知道在学校里我是个浪漫皇后吧?我不肯问他,不问又难受。我并不怕他,我只是要明白明白。说真的,我不甚明白,他待我很好,可是我不甚明白他。他是个太阳,给我光明,而不使我摸到他。我在人群中,比在他面前更认识他。人们尊敬我,因为他们尊敬他。及至我俩坐在一处,没人提醒我或他的身份,我觉得很渺茫。在报纸上我常见到他的姓名,这个姓名最可爱。坐在他面前,我有时候忘了他是谁。他很客气,有礼貌,每每使我想到他是我的教师或什么保护人,而不是我的丈夫。在这种时节,似有一小片黑云掩住了太阳。

三十六

阳光要是常被掩住,春天也可以很阴惨。久而久之,我的快活的热度低降下来。是的,我得到了光荣、身份、丈夫。丈夫,我怎能只要个丈夫呢?我不是应当要个男子么?一个男子,哪怕是个顶粗莽的、打我骂我的男子呢,能把我压碎了、吻死的男子呢!我的丈夫只是个丈夫,他衣冠齐楚,谈吐风雅,是个最体面的杨四郎,或任何戏台上的穿绣袍的角色。他的行止言谈都是戏文儿。我这是一辈子的事呀!可是我不能马上改变态度,"太太"的地位是不好意思随便扔弃了的。不扔弃了吧,我又觉得空虚,生命是多么不易安排的东西呢!当我回到母家,大家是那么恭维我,我简直张不开口说什么。他们为我骄傲,我不能鼻一把泪一把像个受气的媳妇诉委屈,自己泄气。在娘家的时候我是小姐,现在我是姑奶奶,做小姐的时候我厉害,做姑奶奶的更得撑起架子。我母亲待我像个客人,我张不开口说什么。在我丈夫的家里呢,我更不能向谁说什么,我不能和女仆们谈心,我是太太。我什么也别说了,说出去只招人笑话。我的苦处须自己负着。是呀,我满可以冒险去把爱找到,但是我怎么对我母家与我的丈夫呢?我并不为他们生活着,可是我所有的光荣是他们给我的,因为他们给我光荣,我当初才服从他们,现在再反悔似乎不大合适吧?只有一条路给我留着呢,好好地做太太,不要想别的了。这是永远有阳光的一条路。

三十七

人到底是肉做的。我年轻,我美,我闲在,我应当把自己放在血肉的浓艳的香腻的旋风里,不能呆呆对着镜子,看着自己消灭在冰天雪地里。我应当从各方面丰富自己,我不是个尼姑。这么一想我管不了许多了。况且我若是能小心一点呢——我是有聪明的——或者一切都能得到,而出不了毛病。丈夫给我支持着身份,我自己再找到他所不能给我的,我便是个十全的女子了,这一辈子总算值得!小姐、太太,浪漫、享受,都是我的,都应当是我的。我不再迟疑了,再迟疑便对不起自己。我不害怕,我这是种冒险、牺牲;我怕什么呢?即使出了毛病,也是我吃亏,把我的身份降低,与父母丈夫都无关。自然,我不甘心丢失了身份,但是事情还没做,怎见得结果必定是坏的呢?精明而至于过虑便是愚蠢。饥鹰是不择食的。

三十八

我的海上又飘着花瓣了,点点星星暗示着远地的春光。像一只早春的蝴蝶,我顾盼着、寻求着,一些渺茫而又确定的花朵。这使我又想到做学生的时候的自由,愿意重述那种种小风流勾当。可是这次我更热烈一些,我已经在别的方面成功,只缺这一样完成我的幸福。这必须得到，不准再落个空。我明白了点肉体需要什么，希望大量地增加，把一朵花完全打开，即使是个雹子也好，假如不能再细腻温柔一些，一朵花在暗中谢了是最可怜的。同时呢，我的身份也使我这次的寻求异于往日的，我须找到个地位比我的丈夫还高的，要快活便得登峰造极，我的爱须在水晶的宫殿里，花儿都是珊瑚。私事儿要做得最光荣，因为我不是平常人。

三十九

我预料着这不是什么难事，果然不是什么难事，我有眼光。一个粗莽的、俊美的、像团炸药样的贵人，被我捉住。他要我的一切，他要把我炸碎而后再收拾好，以便重新炸碎。我所缺乏的，一次就全补上了，可是我还需要第二次。我真哭真笑了，他野得像只老虎，使我不能安静。我必须全身颤动着，不论是跟他玩耍，还是与他争闹，我有时候完全把自己忘掉，完全焚烧在烈火里，然后我清醒过来，回味着创痛的甜美，像老兵谈战那样。他能一下子把我掷在天外，一下子又拉回我来贴着他的身。我晕在爱里，迷糊地在生命与死亡之间，梦似的看见全世界都是红花。我这才明白了什么是爱，爱是肉体的、野蛮的、力的、生死之间的。

四十

这个实在的、可捉摸的爱，使我甚至于敢公开地向我的丈夫挑战了。我知道他的眼睛是尖的，我不怕，在他鼻子底下漂漂亮亮地走出去，去会我的爱人。我感谢他给我的身份，可是我不能不自己找到他所不能给的。我希望点吵闹，把生命更弄得火炽一些。我确是快乐得有点发疯了。奇怪，奇怪，他一声也不出。他仿佛暗示给我——"你做对了！"多么奇怪呢！他是讲道德的人呀！他这个办法减少了好多我的热烈，不吵不闹是多么没趣味呢！不久我就明白了，他升了官，那个贵人的力量。我明白了，他有道德，而缺乏最高的地位，正像我有身份而缺乏恋爱。因为我对自己的充实，而同时也充实了他，他不便言语。我的心反倒凉了，我没希望这个，简直没想到过这个。啊，我明白了，怨不得他这么有道德而娶我这个"皇后"呢，他早就有计划！我软倒在地上，这个真伤了我的心，我原来是个傀儡。我想脱身也不行了，我本打算偷偷地玩一会儿，敢情我得长期地伺候两个男子了。是呀，假如我愿意，我多有些男朋友岂不是可喜的事。我可不能听从别人的指挥。不能像妓女似的那么干。丈夫应当养着妻子，使妻子快乐；不应当利用妻子获得利禄——这不成体统，不是官派儿！

四十一

我可是想不出好办法来。设若我去质问丈夫，他满可以说，"我待你不错，你也得帮助我。"再急了，他简直可以说，"干吗当初嫁给我呢？"我辩论不过他。我断绝了那个贵人吧，也不行，贵人是我所喜爱的，我不能因要和丈夫赌气而把我的快乐打断。况且我即使冷淡了他，他很可以找上前来，向我索要他对我丈夫的恩惠的报酬。我已落在陷坑里了。我只好闭着眼混吧。好在呢，我的身份在外表上还是那么高贵，身体上呢，也得到满意的娱乐，算了吧。我只是不满意我的丈夫，他太小看我，把我当作个礼物送出去，我可是想不出办法惩治他。这点不满意，继而一想，可也许能给我更大的自由。我这么想了：他既是仗着我满足他的志愿，而我又没向他反抗，大概他也得明白以后我的行动是自由的了，他不能再管束我。这无论怎说，是公平的吧。好了，我没法惩治他，也不便惩治他了，我自由行动就是了。焉知我自由行动的结果不叫他再高升一步呢！我笑了，这倒是个办法，我又在晴美的阳光中生活着了。

四十二

没看见过榕树，可是见过榕树的图。若是那个图是正确的，我想我现在就是株榕树，每一个枝儿都能生根，变成另一株树，而不和老本完全分离开。我是位太太，可是我有许多的枝干，在别处生了根，我自己成了个爱之林。我的丈夫有时候到外面去演讲，提倡道德，我也坐在台上。他讲他的道德，我想我的计划。我觉得这非常的有趣。社会上都知道我的浪漫，可是这并不妨碍他们管我的丈夫叫作道德家。他们尊敬我的丈夫，同时也羡慕我，只要有身份与金钱，干什么也是好的。世界上没有什么对不对，我看出来了。

四十三

要是老这么下去，我想倒不错。可是事实老不和理想一致，好像不许人有理想似的。这使我恨这个世界，这个不许我有理想的世界。我的丈夫娶了姨太太。一个讲道德的人可以娶姨太太、嫖窑子，只要不自由恋爱与离婚就不违犯道德律。我早看明白了这个，所以并不因为这点事恨他。我所不放心的是我觉到一阵风，这阵风不好。我觉到我是往下坡路走了。怎么说呢，我想他决不是为娶小而娶小，他必定另有作用。我已不是他升官发财的唯一工具了。他找来个生力军。假如这个女的能替他谋到更高的差事，我算完了事。我没法跟他吵，他办得名正言顺，娶妾是最正当不过的事。设若我跟他闹，他满可以翻脸无情，剥夺我的自由，他既是已不完全仗着我了。我自幼就想征服世界，啊，我的力量不过如是而已！我看得很清楚，所以不必去招瘪子吃。我不管他，他也别管我，这是顶好的办法。家里坐不住，我出去消遣好了。

四十四

哼，我不能不信命运。在外边，我也碰了，我最爱的那个贵人不见我了。他另找到了爱人。这比我的丈夫娶妾给我的打击还大。我原来连一个男人也抓不住呀！这几年我相信我和男子要什么都能得到，我是顶聪明的女子。身份、地位、爱情、金钱、享受、都是我的。啊，现在，现在，这些都顺着手缝往下溜呢！我是老了么？不，我相信我还是很漂亮；服装打扮我也还是时尚的领导者。那么，是我的手段不够？不能呀，设若我的手段不高明，以前怎能有那样的成功呢？我的运气！太阳也有被黑云遮住的时候呀。是，我不要灰心，我将慢慢熬着，把这一步厄运走过去再讲。我不承认失败，只要我不慌，我的心老清楚，自会有办法。

四十五

　　但是，我到底还是做下了最愚蠢的事！在我独自思索的时候，我大概是动了点气。我想到了一部电影：一个贵家的女郎，经过多少情海的风波，最后嫁了个乡村的平民，而得到顶高的快乐。村外有些小山，山上满是羽样的树叶，随风摆动。他们的小家庭面着山，门外有架蔓玫瑰，她在玫瑰架下做活，身旁坐着个长毛白猫，头儿随着她的手来回地动。他在山前耕作，她有时候放下手中的针线，立起来看看他。他工作回来，她已给预备好顶简单而清净的饭食，猫儿坐在桌上希冀着一点牛奶或肉屑。他们不多说话，可是眼神表现着深情……我忽然想到这个故事，而且借着气劲而想我自己也可以抛弃这一切劳心的事儿、华丽的衣服，而到那个山村去过那简单而甜美的生活。我明知这只是个无聊的故事，可是在生气的时候我信以为真有其事了。我想，只要我能遇到那个多情的少年，我一定不顾一切地跟了他去。这个，使我从记忆中掘出许多旧日的朋友来：他们都干什么呢？我甚至于想起那第一个爱人，那个伴郎，他做什么了？这些人好像已离开许多许多年了，当我想起他们来，他们都有极新鲜的面貌，像一群小孩，像春后的花草，我不由得想再见着他们，他们必至少能打开我的寂寞与悲哀，必能给生命一个新的转变。我想他们，好像想起幼年所喜吃的一件食物，如若能得到它，我必定能把青春再唤回来一些。想到这儿，我没再思索一下，便出去找他们了，即使找不到他们，找个与他们相似的也行。我要尝尝生命的另一方面，可以说是生命的素淡方面吧，我已吃腻了山珍海味。

四十六

我找到一个旧日的同学,虽然不是乡村的少年,可已经合乎我的理想了。他有个入钱不多的职业,他温柔、和蔼、亲热,决不像我日常所接触的男人。他领我入了另一世界,像是厌恶了跳舞场,而逛一回植物园那样新鲜有趣。他很小心,不敢和我太亲热了;同时我看出来,他也有点得意,好像穷人拾着一两块钱似的。我呢,也不愿太和他亲近了,只是拿他当一碟儿素菜,换换口味。可是,呕,我的愚蠢!这被我的丈夫看见了!他拿出我以为他决不会的厉害来。我给他丢了脸,他说!我明白他的意思:我们阔人尽管乱七八糟,可是得有个范围;同等的人彼此可以交往,这个圈必得划清楚了!我犯了不可赦的罪过。

四十七

我失去了自由。遇到必须出头的时候,他把我带出去;用不着我的时候,他把我关在屋里。在大众面前,我还是太太;没人看着的时节,我是个囚犯。我开始学会了哭,以前没想到过我也会有哭的机会。可是哭有什么用呢!我得想主意。主意多了,最好的似乎是逃跑:放下一切,到村间或小城市去享受,像那个电影中玫瑰架下的女郎。可是,再一想,我怎能到那里去享受呢?我什么也不会呀!没有仆人,我连饭也吃不上,叫我逃跑,我也跑不了啊!

四十八

有了,离婚!离婚,和他要供给,那就没有可怕的了。脱离了他,而手中有钱,我的将来完全在自己的手中,爱怎着便可以怎着。想到这里,我马上办起来,看守我的仆人受了贿赂,给我找来律师。呕,我的糊涂!状子递上去了,报纸上宣扬起来,我的丈夫登时从最高的地方堕下来。他是提倡旧道德的人呀,我怎会忘了呢?离婚!呕!别的都不能打倒他,只有离婚!只有离婚!他所认识的贵人们,马上变了态度,不认识了他,也不认识了我。和我有过关系的人,一点也不责备我与他们的关系,现在恨起我来,我什么不可以做,单单必得离婚呢?我的母家与我断绝了关系。官司没有打,我的丈夫变成了个平民,官司也无须再打了,我丢了一切。假如我没有这一个举动,失了自由,而到底失不了身份啊,现在我什么也没有了。

四十九

事情还不止于此呢。我的丈夫倒下来,墙倒人推,大家开始控告他的劣迹了。贵人们看着他冷笑,没人来帮忙。我们的财产,到诉讼完结以后,已剩了不多。我还是不到三十岁的人哪,后半辈子怎么过呢?太阳不会再照着我了!我这样聪明、这样努力,结果竟会是这样,谁能相信呢!谁能想到呢!坐定了,我如同看着另一个人的样子,把我自己简略地、从实地、客观地,描写下来。有志的女郎们呀,看了我,你将知道怎样维持住你的身份,你宁可失了自由,也别弃掉你的身份。

自由不会给你饭吃,控告了你的丈夫便是拆了你的粮库!我的将来只有回想过去的光荣,我失去了明天的阳光!

兔

一

许多人说小陈儿是个"兔子"。

我认识他,从他还没做票友的时候我就认识他。他很瘦弱、很聪明、很要强、很年轻,眉眼并不怎么特别的秀气,不过脸上还白净。我和他在一家公司里共过半年多的事,公司里并没有一个人对他有什么不敬的态度与举动;反之,大家都拿他当个小兄弟似的看待:他爱红脸,大家也就分外地对他客气。他不能,绝对不能,是个"兔子"。

他真聪明。有一次,公司办纪念会,要有几项"游艺",由全体职员瞎凑,好不好的只为凑个热闹。小陈儿红着脸说,他可以演戏,虽然没有学过,可是看见过;假若大家愿意,他可以试试。看过戏就可以演戏,没人相信。可是既为凑热闹,大家当然不便十分的认真,教他玩玩吧,唱好唱坏有什么关系呢。他唱了一出《红鸾喜》。他的嗓子就像根毛儿似的那么细,坐在最前面的人们也听不见一个字,可是他的扮相、台步、做派、身段,没有一处不好的,就好像是个嗓子已倒而专凭做工见长的老伶，处处细腻老到。他可是并没学过戏！无论怎么说吧，那天的"游艺"数着这出《红鸾禧》最"红"，而且掌声与好儿都是小陈儿一个人得的。下了装以后，他很腼腆地，低着头说："还会《打花鼓》呢，也并没有学过。"

不久，我离开了那个公司。可是，还时常和小陈儿见面。那出《红鸾禧》的成功，引起他学戏的兴趣。他拜了俞先生为师。俞先生是个老票友，也是我的朋友，五十多岁了，可是嗓子还很娇嫩，高兴的时候还能把胡子剃去，票出《三堂会审》。俞先生为人正直规矩，一点票友们的恶习也没有。看着老先生撅着胡子嘴里细声细气地唱，小陈儿红着脸用毛儿似的小嗓随着学，我觉得非常有趣，所以有时候我也跟着学几句。我的嗓子比小陈儿的好得多，可就是唱不出味儿来，唱着唱着我自己就笑了，老先生笑得更厉害，"算了吧，你听我徒弟唱吧！"小陈儿微微一笑，脸向着墙"喊"了几句，声音还是不大，可是好听。"你等着，"老先生得意地对我说，"再有半年，他的嗓子就能出来！真有味儿！"

俞先生拿小陈儿真当个徒弟对待，我呢也看他是个小朋友，除了学戏以外，我们也常一块儿去吃个小馆儿，或逛逛公园。我们两个年纪较大的到处规规矩矩，小陈儿呢自然也很正经，连句错话也不敢说。就连这么着，俞先生还时常地说："这不过是个玩意儿，可别误了正事儿！"

二

小陈儿，因为聪明，贪快贪多，恨不能一个星期就学完一出戏。

俞先生可是不忙。他知道小陈儿聪明，但是不愿意教他——贪多嚼不烂。俞先生念字的正确，吐音的清楚，是票友里很少见的。他愣可少教小陈儿学几个腔儿，而必须把每个字念清楚圆满了。小陈儿，和别的年轻人一样，喜欢花哨。有时候，他从留音机唱片上学下个新腔儿，故意地向老先生显胜。老先生虽然不说什么，可是心中不大欢喜。经过这么几次，老先生可就背地里对我说了，"我看哪，大概这个徒弟要教不长久。自然喽，我并不要他什么，教不教都没多大关系。我怕的是，他学坏了，戏学坏了倒还是小事，品行，品行……不放心！我是真爱这个小人儿，太聪明！聪明人可容易上当！"

我没回答出什么来，因为我以为这一半由于老先生的爱护小陈儿，一半由于老先生的厌恶新腔。其实呢，我想，左不是玩玩罢咧，何必一定较真儿分什么新旧邪正呢。我知道我顶好是不说什么，省得教老先生生气。

不久，我就微微地觉到，老先生的话并非过虑。我在街上看见了小陈儿同着票友儿们一块走。这种票友和俞先生完全不同：俞先生是个规规矩矩的好人，除了会唱几句，并没有什么与常人不同的地方。这些票友，恰相反，除了做票友之外，他们什么也不是。他们虽然不是职业的伶人，可也头上剃着月亮门，穿张打扮，说话行事，全像戏子，即使未必会一整出戏，可是习气十足。我把这个告诉给俞先生了，俞先生半天没说出话来。

过了两天，我又去看俞先生，小陈儿也在那里呢。一看师徒的神气，我就知道他们犯了拧。我刚坐下，俞先生指着小陈儿的鞋，对我说："你看看，这是男人该穿的鞋吗？葡萄灰的，软帮软底！他要是登台彩排，穿上花鞋，逢场作戏，我决不说什么。平日也穿着这样的鞋，满街去走，成什么样儿呢?"

我很不易开口。想了会儿,我笑着说,"在苏州和上海的鞋店里,时常看到颜色很鲜明、样式很轻巧的男鞋,不比咱们这儿老是一色儿黑,又大又笨。"原想这么一说,老先生若是把气收一收,而小陈儿也不再穿那双鞋,事儿岂不就轻轻地揭过去了么。

可是,俞先生一个心眼,还往下钉,"事情还不这么简单,这双鞋是人家送给他的。你知道,我玩儿票二十多年了,票友儿们的那些花样都瞒不了我。今天他送双鞋,明天你送条手绢,自要伸手一接,他们便吐着舌头笑,把天好的人也说成一个小钱儿不值。你既是爱唱着玩儿,有我教给你还不够,何必跟那些狐朋狗友打联联呢!何必弄得好说不好听的呢?"

小陈儿的脸白起来,我看出他是动了气。可是我还没想到他会这么暴烈,愣了会儿,他说出很不好听的来了,"你的玩意儿都太老了。我有工夫还去学点新的呢!"说完,他的脸忽然红了,仿佛是为省得把那点腼腆劲儿恢复过来,低着头,抓起来帽子,走出去,并没向俞老师弯弯腰。

看着他的后影,俞先生的嘴唇颤着,"呕"了两声。

"年轻火气盛,不必——"我安慰着俞先生。

"哼,他得毁在他们手里!他们会告诉他,我的玩意儿老了,他们会给他介绍先生,他们会蹿弄他'下海',他们会死吃他一口,他们会把他鼓捣死。可惜!可惜!"

俞先生气得不舒服了好几天。

三

小陈儿用不着再到俞先生那里去，他已有了许多朋友。他开始在春芳阁茶楼清唱，春芳阁每天下午有"过排"，他可是在星期日才能去露一出。因为俞先生，我也认识几位票友，所以星期日下午若有工夫，我也到那里去泡壶茶，听三两出戏，前后都有熟人，我可以随便地串——好观察小陈儿的行动。

就是在这个时候，开始有人说他是"兔子"。我不能相信。不错，他的脸白净，他唱"小嗓儿"；可是我也知道他聪明，有职业，腼腆。不论他怎么变，决不会变成个"那个"。我有这个信心，所以我一边去观察他的行动，也一边很留神去看那些说他是"那个"的那些人们。

小陈儿的服装确是越来越匪气了，脸上似乎也擦着点粉。可是他的神气还是在腼腆之中带着一股正气。一看那些给他造谣的，和捧着他的，我就明白过来：他打扮，他擦粉，正和他穿那双葡萄灰色的鞋一样，都并不出于他的本心，而是上了他们的套儿。俞先生的话说得不错，他要毁在他们手里。

最惹我注意的，是个黑脸大汉。头上剃着月亮门，眼皮里外都是黑的，他永远穿着极长极瘦的绸子衣服，领子总有半尺来高。

据说，他会唱花脸，可是我没听他唱过一句。他的嘴里并不像一般的票友那样老哼唧着戏词儿，而是念着锣鼓点儿，嘴里念着，手脚随着轻轻地抬落。不用说，他的功夫已超过研究耍腔念字，而到了能背整出的家伙点儿的程度,大概他已会打"单皮"①。

这个黑汉老跟着小陈儿,就好像老鸨子跟着妓女那么寸步不离。小陈儿的"戏码",我在后台看见,永远是由他给排。排在第几出,和唱哪一出,他都有主张与说法。他知道小陈儿的嗓子今天不得力,所以得唱出歇工儿戏;他知道小陈儿刚排熟了《得意缘》,所以必定得过一过。要是凑不上角儿的话,他可以临时去约。赶到小陈儿该露了,他得拉着小陈儿的手,告诉他在哪儿叫好、在哪儿偷油,要是半路嗓子不得力便应在哪个关节"码前"或"叫散"了。在必要的时候,他还递给小陈儿一粒华达丸。拿他和体育教员比一比,我管保说,在球队下场比赛的时候那种种嘱告与指导,实在远不及黑汉的热心与周到。

等到小陈儿唱完,他永远不批评,而一个劲儿夸奖。在夸奖的言词中,他顺手儿把当时最有名的旦角加以极厉害的攻击:谁谁的嗓子像个"黑头",而觍着脸硬唱青衣!谁谁的下巴有一尺多长,脊背像黄牛那么宽,而还要唱花旦!这种攻击既显出他的内行、有眼力,同时教小陈儿晓得自己不但可以和那些名伶相比,而且实在自己有超过他们的地方了。因此,他有时候,我看出来,似乎很难为情,设法不教黑汉拉着他的手把他送到台上去,可是他也不敢得罪他。他似乎看出一些希望来,将来他也能变成个名伶,这点希望的实现都得仗着黑汉。黑汉设若不教他和谁说话,他就不敢违抗;黑汉要是教他擦粉,他就不敢不擦。

我看,有这么个黑汉老在小陈儿身旁,大概就没法避免"兔子"这个称呼吧?

---

①单皮:一种打击乐器。因系单面蒙皮,故名。

小陈儿一定知道这个。同时，他也知道能变成个职业的伶人是多么好的希望。自己聪明，"说"一遍就会；再搭上嗓子可以对付，扮相身段非常的好。资格都有了，只要自己肯，便能伸手拿几千的包银，干什么不往这条路上走呢！有什么再比这个更现成更有出息呢？

要走这条路，黑汉是个宝贝。在黑汉的口中，不但极到家地讲究戏，他也谈怎样为朋友家办堂会戏，怎样约角，怎样派份儿，怎样赁衣箱。职业的，玩儿票的，"使黑杵的"，全得听他的调动。他可以把谁捧起来，也可以把谁摔下去；他不但懂戏，他也懂"事"。小陈儿没法不听他的话，没法不和他亲近。假若小陈儿愿意的话，他可以不许黑汉拉他的手，可是也就不要再到票房去了。不要说他还有那个希望，就是纯粹为了玩玩也不能得罪黑汉，黑汉一句话便能教小陈儿没地方去过戏瘾，先不用说别的了。

四

有黑汉在小陈儿身后，票房的人们都不敢说什么，他们对小陈儿都敬而远之。给小陈儿打鼓的决不敢加个"花毽子"；给小陈儿拉胡琴的决不敢耍坏，暗暗长一点弦儿；给小陈儿配戏的决不敢弄句新"搭口"把他绕住，也不敢放胆地卖力气叫好而把小陈儿压下去。他们的眼睛看着黑汉而故意向小陈儿卖好，像众星捧月似的。他们决不会佩服小陈儿——票友是不会佩服人的——可是无疑的都怕黑汉。

假如这些人不敢出声，台底下的人可会替他们说话；黑汉还不敢干涉听戏的人说什么。

听戏的人可以分作两类：一类是到星期六或星期日偶尔来泡壶茶

解解闷,花钱不多而颇可以过过戏瘾。这一类人无所谓,高兴呢喊声好,不高兴呢就一声不出或走出去。另一类人是冬夏常青,老长在春芳阁的。他们都多知多懂。有的玩儿过票而因某种原因不能再登台,所以天天上茶楼来听别人唱,专为给别人叫"倒好儿",以表示自己是老行家。有的是会三句五句的,还没资格登台,所以天天来熏一熏,服装打扮已完全和戏子一样了,就是一时还不能登台表演,而十分相信假若一旦登台必会开门红的。有的是票友们的亲戚或朋友,天天来给捧场,不十分懂得戏,可是很会喊好鼓掌。有的是专为来喝茶,不过日久天长便和这些人打成一气,而也自居为行家。这类人见小陈儿出来就嘀咕,说他是"兔子"。

只要小陈儿一出来,这群人就嘀咕。他们不能挨着家儿去告诉那些生茶座儿:他是"兔子"。可是他们的嘀咕已够使大家明白过来的了。大家越因好奇而想向他们打听一下,他们便越嘀咕得紧切,把大家的耳朵都吸过来一些;然后,他们忽然停止住嘀咕,而相视微笑,大家的耳朵只好慢慢地收回去,他们非常的得意。假若黑汉能支配台上,这群人能左右台下,两道相逆的水溜,好像是,冲激那个瘦弱的小陈儿。

这群人里有很年轻的,也有五六十岁的。虽然年纪不同,可一律擦用雪花膏与香粉,寿数越高的越把粉擦得厚。他们之中有贫也有富,不拘贫富,服装可都很讲究,穷的也有个穷讲究——即使棉袍的面子是布的,也会设法安半截绸子里儿;即使连里子也得用布,还能在颜色上着想,衬上什么雪青的或深紫的。他们一律都卷着袖口,为的是好显显小褂的洁白。

大概是因为忌妒吧,他们才说小陈儿是"兔子"。其实据我看呢,这群人们倒更像"那个"呢。

小陈儿一露面，他们的脸上就立刻摆出一种神情，能伸展成笑容，也能缩成怒意：一伸，就仿佛赏给了他一点世上罕有的恩宠；一缩，就好像他们触犯帝王的圣怒。小陈儿，为博得彩声，得向他们递个求怜邀宠的眼色。连这么着，他们还不轻易给他喊个好儿。

赶到他们要捧的人上了台，他们的神情就极严肃了，都伸着脖儿听。大家喊好的时候，他们不喊；他们却在那大家不注意的地方，赞叹着，仿佛是忘形的，不能不发泄的，喝一声彩，使大家惊异，而且没法不佩服他们是真懂行。据说，若是请他们吃一顿饭，他们便可以玩这一招。显然的，小陈儿要打算减除了那种嘀咕，也得请他们吃饭。

我心里替小陈儿说，何必呢！可是他自有他的打算。

五

有一天，在报纸上，我看到小陈儿彩排的消息。我决定去看一看。

当然黑汉得给他预备下许多捧场的。我心里可有准儿，不能因为他得的好儿多或少去决定他的本事，我要凭着我自己的良心去判断他的优劣。

他还是以做工讨好，的确是好。至于唱工，凭良心说，连一个好儿也不值。在小屋里唱，不错，他确是有味儿；一登台，他的嗓子未免太窄了，只有前两排凑合着能听见，稍微靠后一点的，便只见他张嘴而听不见声儿了。

想指着唱戏挣钱，谈何容易呢！我晓得这个，可是不便去劝告他。黑汉会给他预备好捧场的，教他时时得到满堂的彩，教他没法不相信自己的技艺高明。我的话有什么用呢？

事后，报纸上的批评是一致的，都说他可以比作昔年的田桂凤。我知道这些批评是由哪儿来的，黑汉哪能忘下这一招呢。

从这以后，义务戏和堂会就老有小陈儿的戏码了。我没有工夫去听，可是心中替他担忧。我晓得走票是花钱买脸的事，为玩儿票而倾家荡产的并不算新奇，而小陈儿是个穷小子啊。打算露脸，他得有自己的行头，得找好配角，得有跟包的，得摆出阔架子来，就凭他，公司里的一个小职员？难！

不错，黑汉会帮助他；可是，一旦黑汉要翻脸和他算清账怎么办呢？俞先生的话，我现在明白过来，的确是经验之谈，一点也非过虑。

不久，我听说他被公司辞了出来，原因是他私造了收据，使了一些钱。虽说我俩并非知己的朋友，我可深知他决不是个小滑头。要不是被逼急了，我相信他是不会干出这样丢脸的事的。我原谅他，所以深恨黑汉和架弄着小陈儿的那一群人。

我决定去找他，看看我能不能帮助他一把；几乎不为是帮助他，而是借此去反抗黑汉，要从黑汉手中把个聪明的青年救出来。

六

小陈儿的屋里有三四个人，都看着他做"活"呢。因为要省点钱，凡是自己能动手的，他便自己做。现在，他正做着一件背心，戏台上丫鬟所穿的那种。大家吸着烟，闲谈着，他一声不出的，正往背心上粘玻璃珠子——用胶水画好一大枝梅花，而后把各色的玻璃珠粘上去，省工，省钱，而穿起来很明艳。

我进去，他只抬起头来向我笑了笑，然后低下头去继续工作，仿佛是把我打入了那三四个人里边去。我既不认识他们，又不想跟他们讲话，只好呆呆地坐在那里。

那些人都年纪在四十以上，有的已留下胡子。听他们所说的，看他们的神气，我断定他们都是一种票友。看他们的衣服，他们大概都是衙门里的小官儿，在家里和社会上也许是很热心拥护旧礼教，而主张男女授受不亲的。可是，他们来看小陈儿做活。他们都不野调无腔，谈吐也颇文雅，只是他们的眼老溜着小陈儿，带出一点于心不安而又无法克服的邪味的笑意。

他们谈话儿，小陈儿并不大爱插嘴，可是赶到他们一提起某某伶人，或批评某某伶人的唱法，他便放下手中的活，皱起点眉来，极注意地听着，而后神气活似黑汉，斩钉截铁地发表他的意见，话不多，可是十分的坚决，指出伶人们的缺点。他并不为自己吹腾，但是这种带着坚固的自信的批判，已经足以显出他自己的优越了。他已深信自己是独一无二的旦角，除了他简直没有人懂戏。

好容易把他们耗走，我开始说我所要说的话，为省去绕弯，我开门见山地问了他一句："你怎样维持生活呢？"

他的脸忽然地红了，大概是想起被公司辞退出来的那点耻辱。看他回不出话来，我爽性就钉到家吧，"你是不是已有许多的债？"

他勉强地笑了一下，可是神气很坚决，"没法不欠债。不过，那不算一回事，我会去挣。假如我现在有三千块钱，做一批行头，我马上可以到上海去唱两个星期，而后……"他的眼睛亮起来，"汉口、青岛、济南、天津，绕一个圈儿；回到这儿来，我就是——"他挑起大指头。

"那么容易么？"我非常不客气地问。

他看了我一眼,冷笑了一下,不屑于回答我。

"是你真相信你的本事,还是被债逼得没法不走这条路呢?比如说,你现在已欠下某人一两千块钱,去做个小事儿决不能还上,所以你想一下子去搂几千来,而那个人也这么引领你,是不是?"

他想了一会儿,犹豫了一下,咽了一口气,没回答出什么来。我知道我的话是钉到了他的心窝里。

"假若真像我刚才说的,"我往下说,"你该当想一想,现在你欠他的,那么你要是'下海',就还得向他借。他呢,就可以管辖你一辈子,不论你挣多少钱,也永远还不清他的债,你的命就交给他了。捧起你来的人,也就是会要你命的人。你要是认为我不是吓唬你,想法子还他的钱,我帮助你,找个事做,我帮助你,从此不再玩这一套。你想想看。"

"为艺术是值得牺牲的!"他没看我,说出这么一句。

这回该我冷笑了。"是的,因为你在中学毕业,所以会说这么一句话。一句话,什么意思也没有。"

他的脸又红了。不愿再跟我说什么,因为越说他便越得气馁。他的岁数不许他承认自己的错误。他向外边喊了一声:"二妹!你坐上一壶水!"

我这才晓得他还有个妹妹,我的心中可也就更不好过了。没再说什么,我走了出去。

七

"全球驰名,第一青衫花旦陈……表演独有历史佳剧……"在报纸上，街头上，都用极大的字登布出来。我知道小陈儿是"下了海"。

在"打炮"的两天前，他在东海饭店招待新闻界和一些别的朋友。不知为什么，他也给了我张请帖。真不愿吃他这顿饭，可是我又要看看他，把请帖拿起又放下好几回，最后我决定去看一眼。

席上一共有七八十人，有戏界的重要人物，有新闻记者，有捧角专家，有地面上的流氓。我没大去注意这些人们，我仿佛是专为看小陈儿而来的。

他变了样。衣服穿得顶讲究，讲究得使人看着难过，像新娘子打扮得那么不自然、那么过火。不过，这还不算出奇。最使人惊异的是右手的无名指上戴着个钻石戒指，假若是真的，须值两三千块钱。谁送给他的呢？凭什么送给他呢？他的脸上分明的是擦了一点胭脂，还是那么消瘦，可是显出点红润来。有这点儿假的血色在脸上，他的言语动作仿佛都是在做戏呢。他轻轻地扭转脖子，好像唯恐损伤了那条高领子；他偏着脸向人说话，每说一句话先皱一下眉，而后嘴角用力地往上兜，故意地把腮上弄成两个小坑儿。我看着他，我的脊背上一阵阵地起鸡皮疙瘩。

可是，我到底是原谅了他，因为黑汉在那里呢。黑汉是大都督，总管着一切：他拍大家的肩膀，向大家嘀咕，向小陈儿递眼色，劝大家喝酒，随着大家笑，出来进去，进去出来，用块极大的绸子手绢擦着黑亮的脑门，手绢上抖出一股香水味。

据说，人熊见到人便过去拉住手狂笑。我没看见过，可是我想象着那个样子必定就像这个黑汉。

黑汉把我的眼睛引到一位五十来岁的矮胖子身上去。矮胖子坐首席，黑汉对他说的话最多，虽然矮胖子并不大爱回答，可是黑汉依然很恭敬。对了,我心中一亮,我找到了那个钻石戒指的来路!

再细看,我似乎认识那个胖脸。啊,想起来了,在报纸和杂志上见过:楚总长!楚总长是热心提倡"艺术"的。

不错,一定是他,因为他只喝了一杯酒,和一点汤,便离席了。黑汉和小陈儿都极恭敬地送出去。再回到席上,黑汉开始向大家说玩笑话了,仿佛是表示:贵人已走,大家可以随便吧。

吃了一道菜,我也溜出去了。

八

楚总长出钱,黑汉办事。小陈儿住着总长的别墅,有了自己的衣箱、钻石戒指、汽车。他只是摸不着钱,一切都由黑汉经手。

只要有小陈儿的戏,楚总长便有个包厢,有时候带着小陈儿的妹妹一同来。看完戏,便一同回到别墅,住下。小陈儿的妹妹长得可是真美。

楚总长得到个美人,黑汉落下了不少的钱,小陈儿得去唱戏,而且被人叫作"兔子"。

大局是这么定好了,无论是谁也无法把小陈儿从火坑里拉出来了。他得死在他们手里,俞先生一点也没说错。

九

事忙,我一年多没听过一次戏。小陈儿的戏码还常在报纸上看到,他得意与否可无从知道。

有一次，我到天津办一点事，晚上独自在旅馆里非常的无聊，便找来小报看看戏园的广告。新到的一个什么"香"，当晚有戏。我连这个什么"香"是男是女也不晓得，反正是为解闷吧，就决定去看看。对于新起来的角色，我永远不希望他唱得怎样的好，以免看完了失望，弄一肚子别扭。

这个什么"香"果然不怎么高明，排场很阔气，可是唱做都不够味儿，唱到后半截儿，简直有点支持不下去的样子。唱戏是多么不容易的事呢，我不由得想起小陈儿来。

正在这个时候，我看见了黑汉。他轻快地由台门儿闪出来，斜着身和打鼓的说了两句话，又轻快地闪了进去。

哈！又是这小子！我心里说。哼，我同时想到了，大概他已把小陈儿吸干了，又来耍这个什么"香"了！该死的东西！

由天津回来，我遇见了俞先生，谈着谈着便谈到了小陈儿，俞先生的耳朵比我的灵通，刚一提起小陈儿，他便叹了口气："完喽！妹妹被那个什么总长给扔下不管了，姑娘不姑娘、太太不太太地在家里闷着。他呢，给那个黑小子挣够了钱，黑小子撒手不再管他了，连行头还让黑小子拿去多一半。谁不知道唱戏能挣钱呢，可是事儿并不那么简单容易。玩儿票，能被人吃光了；使黑杵，混不上粥喝；下海，谁的气也得受着，能吃饱就算不离。我全晓得，早就劝过他，可是……"俞先生似乎还有好些个话，但是只摇了摇头。

十

又过了差不多半年，我到济南有点儿事。小陈儿正在那里唱呢，他挂头牌，二牌三牌是须生和武生，角色不算很硬，可也还看得过去。这里，连由北平天桥大棚里约来的角儿还要成千论百地拿包银，那么小陈儿——即使我们承认他一切的弱点——总比由天桥来的强着许多了。我决定去看他的戏，仿佛也多少含着点捧捧场的意思，谁教我是他的朋友呢。

那晚上他贴的是独有的"本儿戏"，九点钟就上场，文武带打，还赠送戏词。我恰好有点事，到九点一刻才起身到戏园去，一路上我还怕太晚了点，买不到票。到九点半我到了戏园，里里外外全清锅子冷灶，由老远就听到锣鼓响，可就是看不见什么人。由卖票人的神气我就看出来，不上座儿，因为他非常的和气，一伸手就给了我张四排十一号——顶好的座位。

四排以后，我进去一看，全空着呢。两廊稀棱棱的有些人，楼上左右的包厢全空着。一眼望过去，台上被水月电①照得青虚虚的，四个打旗的失了魂似的立在左右，中间坐着个穿红袍的小生，都像纸糊的。台下处处是空椅子，只在前面有一堆儿人，都像心中有点委屈似的。世上最难看的是半空的戏园子——既不像戏园，又不像任何事情，仿佛是一种梦景似的。

我坐下不大会儿，锣鼓换了响声，椅垫桌裙全换了南绣的，绣着小陈儿的名字。一阵锣鼓敲过，换了小锣，小陈儿扭了出来。没有一声碰头好儿——人少，谁也不好意思喊。我真要落泪！

他瘦得已不成样子。因为瘦，所以显着身量高，就像一条打扮好的刀鱼似的。

---

①水月电：汽灯。

并不因为人少而敷衍,反之,他的瘦脸上带出一些高傲、坚决的神气;唱、念、做派,处处用力;越没有人叫好,他越努力,就好像那宣传宗教的那么热烈,那么不怕困苦。每唱完一段,回过头去喝水的工夫,我看见他嗽得很厉害,嗽一阵,揉一揉胸口,才转过脸来。他的嗓音还是那么窄小,可是做工已臻化境,每一抬手迈步都有尺寸,都恰到好处;耍一个身段,他便向台下打一眼,仿佛是对观众说:这还不值个好儿吗?没人叫好,始终没人喊一声好!

我忽然像发了狂,用尽了力量给他喝了几声彩。他看见了我,向我微微一点头。我一直坐到台上吹了呜嘟嘟①,虽然并没听清楚戏中情节到底是怎回事。我心中很乱。

散了戏,我跑到后台去,他还上着装便握住了我的手,他的手几乎是一把骨头。

"等我卸了装,"他笑了一下,"咱们谈一谈!"

我等了好大半天,因为他真像个姑娘,事事都做得很慢很仔细,头上的每一朵花、每一串小珠子,都极小心地往下摘,看着跟包的给收好。

我跟他到了三义栈,已是夜里一点半钟。

一进屋,他连我也不顾得招待了,躺在床上,手哆嗦着,点上了烟灯。吸了两大口,他缓了缓气,"没这个,我简直活不了啦!"

我点了点头。我想不起说什么。设若我要说话,我就要说对他有些用处的,可是就凭我这个平凡的人,怎能救得了他呢?只好听着他说吧,我仿佛成了个傻子。

---

①呜嘟嘟:一种乐器,又名竹号。

又吸了一大口烟,他轻轻地掰了个橘子,放在口中一瓣。"你自个儿来的?"

我简单地告诉了他关于我自己的事,说完,我问他:"怎样?"

他笑了笑,"这里的人不懂戏!"

"赔钱?"

"当然!"他不像以前那样爱红脸了,话说得非常的自然,而且决没有一点后悔的意思,"再唱两天吧,要还是不行,简直得把戏箱留在这儿!"

"那不就糟了?"

"谁说不是!"他咳嗽了一阵,揉了揉胸口,"玩意儿好也没用,人家不听,咱有什么法儿呢?"

我要说:你的嗓子太窄,你看事太容易!可是我没说。说了又有什么用呢?他的嗓子无从改好,他的生活已入了辙,他已吸惯了烟,他已有了很重的肺病。我干吗既帮不了他,还惹他难受呢?

"在北平大概好一点?"我为的是给他一点安慰。

"也不十分好,班子多,地方钱紧,也不容易,哪里也不容易!"他揉着一点橘子皮,心中不耐烦,可是要勉强着镇定,"可是,反正我对得起老郎神,玩意儿地道,别的……"

是的,玩意儿地道。不用说,他还是自居为第一的花旦。失败、困苦、压迫,无法摆脱,给他造成了一点儿自信,他只仗着这点自信活着呢。有这点儿自信欺骗着他自己,他什么也不怕,什么也可以一笑置之。妹妹被人家糟践了,金钱被人家骗去,自己只剩下一把骨头与很深的烟瘾。对谁也无益,对自己只招来毁灭。可是他自信玩意儿地道。"好吧,咱们北平见吧!"我告辞走出来。

143

"你不等听听我的全本儿《凤仪亭》啦?后天就露!"他立在屋门口对我说。

我没说出什么来。

回到北平不久,我在小报上看到小陈儿死去的消息。他至多也不过才二十四五岁吧。

断魂枪

生命是闹着玩,事事显出如此,从前我这么想过,现在我懂得了。

沙子龙的镖局已改成客栈。

东方的大梦没法子不醒了。炮声压下去马来与印度野林中的虎啸。半醒的人们,揉着眼,祷告着祖先与神灵。不大会儿,失去了国土、自由与主权。门外立着不同面色的人,枪口还热着。他们的长矛毒弩,花蛇斑彩的厚盾,都有什么用呢?连祖先与祖先所信的神明全不灵了啊! 龙旗的中国也不再神秘,有了火车呀,穿坟过墓破坏着风水。枣红色多穗的镖旗,绿鲨皮鞘的钢刀,响着串铃的口马,江湖上的智慧与黑话、义气与声名,连沙子龙,他的武艺、事业,都梦似的变成昨夜的。今天是火车、快枪、通商与恐怖。听说,有人还要杀下皇帝的头呢!

这是走镖已没有饭吃，而国术还没被革命党与教育家提倡起来的时候。

谁不晓得沙子龙是短瘦、利落、硬棒，两眼明得像霜夜的大星？可是，现在他身上放了肉。镖局改了客栈，他自己在后小院占着三间北房，大枪立在墙角，院子里有几只楼鸽。只是在夜间，他把小院的门关好，熟习熟习他的"五虎断魂枪"。这条枪与这套枪，二十年的工夫，在西北一带，给他创出来"神枪沙子龙"五个字，没遇见过敌手。现在，这条枪与这套枪不会再替他增光显胜了，只是摸摸这凉、滑、硬而发颤的杆子，使他心中少难过一些而已。只有在夜间独自拿起枪来，才能相信自己还是"神枪沙"。在白天，他不大谈武艺与往事。他的世界已被狂风吹了走。

在他手下创练起来的少年们还时常来找他。他们大多数是没落子弟，都有点武艺，可是没地方去用。有的在庙会上去卖艺：踢两趟腿，练套家伙，翻几个跟头，附带着卖点大力丸，混个三吊两吊的。有的实在闲不起了，去弄筐果子，或挑些毛豆角，赶早儿在街上论斤吆喝出去。那时候，米贱肉贱，肯卖膀子力气本来可以混个肚儿圆，他们可是不成：肚量既大，而且得吃口管事儿的；干饽饽辣饼子咽不下去。况且他们还时常去走会：五虎棍，开路，太狮少狮……虽然算不了什么——比起走镖来——可是到底有个机会活动活动、露露脸。是的，走会捧场是买脸的事，他们打扮得像个样儿，至少得有条青洋绉裤子、新漂白细市布的小褂，和一双鱼踏实鳞鞋——顶好是青缎子抓地虎靴子。他们是神枪沙子龙的徒弟——虽然沙子龙并不承认——得到处露脸，走会得赔上俩钱，说不定还得打场架。没钱，上沙老师那里去求。沙老师不含糊，多少不拘，不让他们空着手儿走。可是，为打架或献技去讨教一个招数，或是请给说个"对子"——什么空手夺刀，或虎头钩进枪——沙老师有时说句笑话，马虎过去，"教什么？拿开水浇吧！"有时直接把他们赶出去。他们不大明白沙老师是怎么了，心中也有点不乐意。

可是，他们到处为沙老师吹腾，一来是愿意使人知道他们的武艺有真传授，受过高人的指教，二来是为激动沙老师——万一有人不服气而找上老师来，老师难道还不露一两手真的么？所以，沙老师一拳就砸倒了个牛！沙老师一脚把人踢到房上去，并没使多大的劲！他们谁也没见过这种事，但是说着说着，他们相信这是真的了，有年月，有地方，千真万确，敢起誓！

王三胜——沙子龙的大伙计——在土地庙拉开了场子，摆好了家伙。抹了一鼻子茶叶末色的鼻烟，他抡了几下竹节钢鞭，把场子打大一些。放下鞭，没向四围作揖，叉着腰念了两句："脚踢天下好汉，拳打五路英雄！"向四围扫了一眼，"乡亲们，王三胜不是卖艺的。玩意儿会几套，西北路上走过镖，会过绿林中的朋友。现在闲着没事，拉个场子陪诸位玩玩。有爱练的尽管下来，王三胜以武会友，有赏脸的，我陪着。神枪沙子龙是我的师傅，玩意儿地道！诸位，有愿下来的没有？"他看着，准知道没人敢下来，他的话硬，可是那条钢鞭更硬，十八斤重。

王三胜，大个子，一脸横肉，努着对大黑眼珠，看着四围。大家不出声。他脱了小褂，紧了紧深月白色的"腰里硬"，把肚子杀进去。给手心一口吐沫，抄起大刀来，"诸位，王三胜先练趟瞧瞧。不白练，练完了，带着的扔几个，没钱，给喊个好，助助威。这儿没生意口。好，上眼！"

大刀靠了身，眼珠努出多高，脸上绷紧，胸脯子鼓出，像两块老桦木根子。一跺脚，刀横起，大红缨子在肩前摆动。削砍劈拔，蹲越闪转，手起风生，忽忽直响。忽然刀在右手心上旋转，身弯下去，四围鸦雀无声，只有缨铃轻叫。刀顺过来，猛地一个"踩泥"，身子直挺，比众人高着一头，黑塔似的。收了势，"诸位！"一手持刀，一手叉腰，看着四围。稀稀地扔下几个铜钱，他点点头。"诸位！"他等着、等着，地上依旧是那几个亮而削薄的铜钱，外层的人偷偷散去。他咽了口气，"没人懂！"他低声地说，可是大家全听见了。

"有功夫！"西北角上一个黄胡子老头儿答了话。

"啊？"王三胜好似没听明白。

"我说，你——有——功——夫！"老头子的语气很不得人心。

放下大刀，王三胜随着大家的头往西北看。谁也没看重这个老人：小干巴个儿，披着件粗蓝布大衫，脸上窝窝瘪瘪，眼陷进去很深，嘴上几根细黄胡，肩上扛着条小黄草辫子，有筷子那么细，而绝对不像筷子那么直顺。王三胜可是看出这老家伙有功夫，脑门亮，眼睛亮——眼眶虽深，眼珠可黑得像两口小井，深深地闪着黑光。王三胜不怕：他看得出别人有功夫没有，可更相信自己的本事，他是沙子龙手下的大将。

"下来玩玩，大叔！"王三胜说得很得体。

点点头，老头儿往里走。这一走，四处全笑了。他的胳臂不大动，左脚往前迈，右脚随着拉上来，一步步地往前拉扯，身子整着，像是患过瘫痪病。蹭到场中，把大衫扔在地上，一点没理会四围怎样笑他。

"神枪沙子龙的徒弟，你说？好，让你使枪吧，我呢？"老头子非常干脆，很像久想动手。

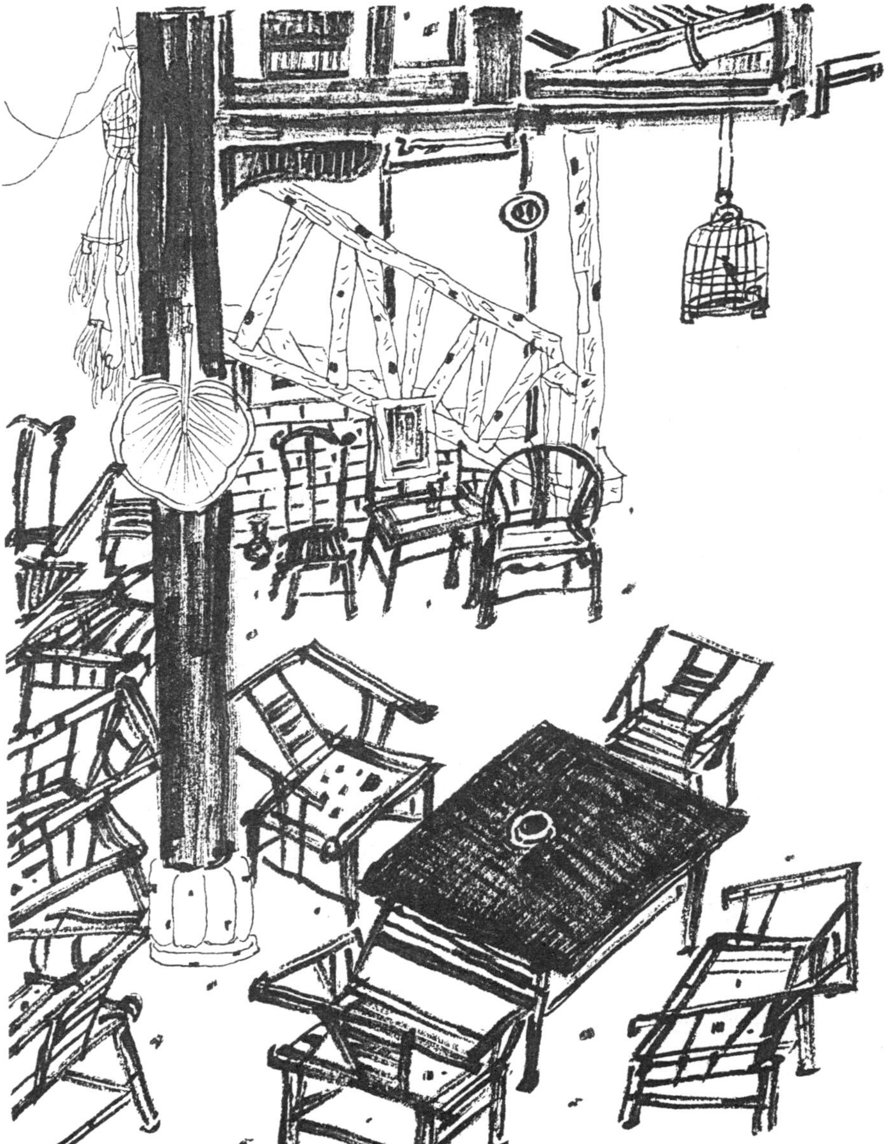

人们全回来了，邻场耍狗熊的无论怎么敲锣也不中用了。

"三截棍进枪吧？"王三胜要看老头子一手，三截棍不是随便就拿得起来的家伙。

老头子又点点头，拾起家伙来。

王三胜努着眼，抖着枪，脸上十分难看。

老头子的黑眼珠更深更小了，像两个香火头，随着面前的枪尖儿转，王三胜忽然觉得不舒服，那俩黑眼珠似乎要把枪尖吸进去！四处已围得风雨不透，大家都觉出老头子确是有威。为躲那对眼睛，王三胜耍了个枪花。老头子的黄胡子一动，"请！"王三胜一扣枪，向前躬步，枪尖奔了老头子的喉头去，枪缨打了一个红旋。老人的身子忽然活展了，将身微偏，让过枪尖，前把一挂，后把撩王三胜的手。啪，啪，两响，王三胜的枪撒了手。场外叫了好。王三胜连脸带胸口全紫了，抄起枪来，一个花子，连枪带人滚了过来，枪尖奔了老人的中部。老头子的眼亮得发着黑光，腿轻轻一屈，下把掩裆，上把打着刚要抽回的枪杆，啪，枪又落在地上。

场外又是一片彩声。王三胜流了汗，不再去拾枪，努着眼，木在那里。老头子扔下家伙，拾起大衫，还是拉拉着腿，可是走得很快了。大衫搭在臂上，他过来拍了王三胜一下，"还得练哪，伙计！"

"别走！"王三胜擦着汗，"你不离，姓王的服了！可有一样，你敢会会沙老师？"

"就是为会他才来的！"老头子的干巴脸上皱起点来，似乎是笑呢，"走，收了吧，晚饭我请！"

王三胜把兵器拢在一处，寄放在变戏法的二麻子那里，陪着老头子往庙外走。后面跟着不少人，他把他们骂散了。

"你老贵姓？"他问。

"姓孙哪，"老头子的话与人一样，都那么干巴，"爱练，久想会会沙子龙。"

沙子龙不把你打扁了！王三胜心里说。他脚底下加了劲，可是没把孙老头落下。他看出来了，老头子的腿是老走着查拳门中的连跳步，交起手来，必定很快。但是，无论他怎么快，沙子龙是没对手的。准知道孙老头要吃亏，他心中痛快了些，放慢了些脚步。

"孙大叔贵处？"

"河间的，小地方。"孙老者也和气了些，"月棍年刀一辈子枪，不容易见功夫！说真的，你那两手就不坏！"

王三胜头上的汗又回来了，没言语。

"月棍年刀一辈子枪，不容易见功夫！"

到了客栈，他心中直跳，唯恐沙老师不在家，他急于报仇。他知道老师不爱管这种事，师弟们已碰过不少回钉子，可是他相信这回必定行，他是大伙计，不比那些毛孩子，再说，人家在庙会上点名叫阵，沙老师还能丢这个脸吗？

"三胜，"沙子龙正在床上看着本《封神榜》，"有事吗？"

三胜的脸又紫了，嘴唇动着，说不出话来。

沙子龙坐起来，"怎么了，三胜？"

"栽了跟头！"

只打了个不甚长的哈欠，沙老师没别的表示。

王三胜心中不平，但是不敢发作，他得激动老师，"姓孙的一个老头儿，门外等着老师呢。把我的枪，枪，打掉了两次！"他知道"枪"字在老师心中有多大分量。没等吩咐，他慌忙跑出去。

客人进来，沙子龙在外间屋等着呢。彼此拱手坐下，他叫三胜去泡茶。三胜希望两个老人立刻交了手，可是不能不沏茶去。孙老者没话讲，用深藏着的眼睛打量沙子龙。

沙子龙很客气，"要是三胜得罪了你，不用理他，年纪还轻。"

孙老者有些失望，可也看出沙子龙的精明。他不知怎样好了，不能拿一个人的精明断定他的武艺。"我来领教领教枪法！"他不由得说出来。

沙子龙没接茬儿。王三胜提着茶壶走进来——急于看二人动手，他没管水开了没有，就沏在壶中。

"三胜，"沙子龙拿起个茶碗来，"去找小顺们去，天汇见，陪孙老者吃饭。"

"什么！"王三胜的眼珠几乎掉出来。看了看沙老师的脸，他敢怒而不敢言地说了声"是啦"走出去，噘着大嘴。

"教徒弟不易！"孙老者说。

"我没收过徒弟。走吧，这个水不开！茶馆去喝，喝饿了就吃。"沙子龙从桌子上拿起缎子褡裢，一头装着鼻烟壶，一头装着点钱，挂在腰带上。

"不，我还不饿！"孙老者很坚决，两个"不"字把小辫从肩上抡到后边去。

"说会子话儿。"

"我来为领教领教枪法。"

"功夫早搁下了，"沙子龙指着身上，"已经放了肉！"

"这么办也行，"孙老者深深地看了沙老师一眼，"不比武，教给我那趟五虎断魂枪。"

"五虎断魂枪？"沙子龙笑了，"早忘干净了！早忘干净了！告诉你，在我这儿住几天，咱们各处逛逛，临走，多少送点盘缠。"

"我不逛，也用不着钱，我来学艺！"孙老者立起来，"我练趟给你看看，看够得上学艺不够！"一屈腰已到了院中，把楼鸽都吓飞起去。拉开架子，他打了趟查拳：腿快，手飘洒，一个飞脚起去，小辫儿飘在空中，像从天上落下来一个风筝；快之中，每个架子都摆得稳、准、利落；来回六趟，把院子满都打到。走得圆，接得紧，身子在一处，而精神贯穿到四面八方。抱拳收势，身儿缩紧，好似满院乱飞的燕子忽然归了巢。

"好！好！"沙子龙在台阶上点着头喊。

"教给我那趟枪！"孙老者抱了抱拳。

沙子龙下了台阶，也抱着拳，"孙老者，说真的吧：那条枪和那套枪都跟我入棺材，一齐入棺材！"

"不传？"

"不传！"

孙老者的胡子嘴动了半天，没说出什么来。到屋里抄起蓝布大衫，拉拉着腿，"打搅了，再会！"

"吃过饭走！"沙子龙说。

孙老者没言语。

沙子龙把客人送到小门，然后回到屋中，对着墙角立着的大枪点了点头。

他独自上了天汇，怕是王三胜们在那里等着。他们都没有去。

王三胜和小顺们都不敢再到土地庙去卖艺，大家谁也不再为沙子龙吹腾；反之，他们说沙子龙栽了跟头，不敢和个老头儿动手，那个老头子一脚能踢死个牛。不要说王三胜输给他,沙子龙也不是他的对手。不过呢,王三胜到底和老头子见了个高低,而沙子龙连句硬话也没敢说。"神枪沙子龙"慢慢似乎被人们忘了。

夜静人稀,沙子龙关好了小门,一气把六十四枪刺下来,而后,拄着枪,望着天上的群星,想起当年在野店荒林的威风。他叹一口气,用手指慢慢摸着凉滑的枪身,又微微一笑,"不传!不传!"

小铃儿

京城北郊王家镇小学校里，校长、教员、夫役，凑齐也有十来个人，没有一个不说小铃儿是聪明可爱的。每到学期开始，同级的学友多半是举他做级长的。

别的孩子入学后，先生总喊他的学名，唯独小铃儿的名字——德森——仿佛是虚设的。校长时常地说："小铃儿真像个小铜铃，一碰就响的！"

下了课后，先生总拉着小铃儿说长道短，直到别的孩子都走净，才放他走。那一天师生说闲话，先生顺便地问道："小铃儿你父亲得什么病死的？你还记得他的模样吗？"

"不记得！等我回家问我娘去！"小铃儿哭丧着脸，说话的时候，眼睛不住地往别处看。

"小铃儿看这张画片多么好，送给你吧！"先生看见小铃儿可怜的样子，赶快从书架上拿了一张画片给了他。

"先生！谢谢你——这个人是谁？"

"这不是咱们常说的那个李鸿章嘛！"

"就是他呀！呸！跟日本讲和的！"小铃儿两只明汪汪的眼睛，看看画片，又看先生。

"拿去吧！昨天咱们讲的国耻历史忘了没有？长大成人打日本去，别跟李鸿章一样！"

"跟他一样？把脑袋打掉了，也不能讲和！"小铃儿停顿一会儿，又继续着说，"明天讲演会我就说这个题目，先生！我讲演的时候，怎么脸上总发烧呢？"

"慢慢练就不红脸啦！铃儿该回去啦！好！明天早早来！"先生顺口搭音地躺在床上。

"先生明天见吧！"小铃儿背起书包，唱着小山羊歌走出校来。

小铃儿每天下学，总是一直唱到家门，他母亲听见歌声，就出来开门。今天忽然变了，"娘啊！开门来！"他很急躁地用小拳头叩着门。

"今天怎么这样晚才回来？刚才你大舅来了！"小铃儿的母亲，把手里的针线，扦在头上，给他开门。

"在哪儿呢？大舅！大舅！你怎么老不来啦？"小铃儿紧紧地往屋里跑。

"你倒是听完了！你大舅等你半天，等得不耐烦，就走啦。一半天还来呢！"他母亲一边笑一边说。

"真是！今天怎么净是这样的事！跟大舅说说李鸿章的事也好哇！"

"哟！你又跟人家拌嘴啦？谁？跟李鸿章？"

"娘啊！你要上学，可真不行，李鸿章早死啦！"他从书包里拿出画片，给他母亲看，"这不是他，不是跟日本讲和的奸细吗？"

"你这孩子！一点规矩都不懂啦！等你舅舅来，还是求他带你学手艺去,我知道李鸿章干吗?"

"学手艺,我可不干!我现在当级长,慢慢地往上升,横是有做校长的那一天!多么好!"他摇晃着脑袋,向他母亲说。

"别美啦!给我买线去!青的白的两样一个铜子的!"

吃过晚饭小铃儿陪着母亲,坐在灯底下念书,他母亲替人家做些针线。念乏了,就同他母亲说些闲话。

"娘啊!我父亲脸上有麻子没有?"

"这是打哪儿提起,他脸上甭提多么干净啦!"

"我父亲爱我不爱?给我买过吃食没有?"

"你都忘了!哪一天从外边回来不是先去抱你,你姑母常常说他:'这可真是你的金蛋,抱着吧!将来真许做大官增光耀祖呢!'你父亲就眯坛眯坛地傻笑,搬起你的小脚指头,放在嘴边香香地亲着,气得你姑母又是恼又是笑。——那时你真是又白又胖,着实地爱人。"

小铃儿不错眼珠地听他母亲说,仿佛听笑话似的,待了半天又问道:"我姑母打过我没有?"

"没有!别看她待我厉害,待你可是真爱。那一年你长口疮,半夜里啼哭,她还起来背着你,满屋子走,一边走一边说:'金蛋!金蛋!好孩子!别哭!你父亲一定还回来呢!回来给你带柿霜糖多么好吃!好孩子!别哭啦!'"

"我父亲那一年就死啦?怎么死的?"

"可不是后半年!你姑母也跟了他去,要不是为你,我还干什么活着?"小铃儿的母亲放下针线叹了一口气,那眼泪断了线的珠子般流下来!

"你父亲不是打南京阵亡了吗?哼!尸骨也不知道飞到哪里去

呢！"

小铃儿听完，蹦下炕去，拿小拳头向南北画着，大声地说："不用忙！我长大了给父亲报仇！先打日本后打南京！"

"你要怎样？快给我倒碗水吧！不用想那个，长大成人好好地养活我，那才算孝子。倒完水该睡了，明天好早起！"

他母亲依旧做她的活计，小铃儿躺在被窝里，把头钻出来钻进去，一直到二更多天才睡熟。

"快跑，快跑，开枪！打！"小铃儿一拳打在他母亲的腿上。

"哟，怎么啦！这孩子又吃多啦！瞧！被子踹在一边去了，铃儿！快醒醒！盖好了再睡！"

"娘啊！好痛快！他们败啦！"小铃儿睁了睁眼睛，又睡着了。

第二天小铃儿起来得很早，一直地跑到学校，不去给先生鞠躬，先找他的学伴。凑了几个身体强壮的，大家蹲在体操场的犄角上。

小铃儿说："我打算弄一个会，不要旁人，只要咱们几个。每天早来晚走，咱们大家练身体，互相地打，打疼了，也不准急，练这么几年，管保能打日本去。我还多一层，打完日本再打南京。"

"好！好！就这么办！就举你做头目。咱们都起个名儿，让别人听不懂，好不好？"一个十四五岁头上长着疙瘩、名叫张纯的说。

"我叫一只虎，"李进才说，"他们都叫我李大嘴，我的嘴真要跟老虎一样，非吃他们不可！"

"我，我叫花孔雀！"一个鸟贩子的儿子、名叫王凤起的说。

"我叫什么呢？我可不要什么狼和虎。"小铃儿说。

"越厉害越好啊！你说虎不好，我不跟你好啦！"李进才撇着嘴说。

"要不你叫卷毛狮子，先生不是说过：'狮子是百兽的王'嘛！"

王凤起说。

"不行！不行！我力气大，我叫狮子！德森叫金钱豹吧！"张纯把别人推开，拍着小铃儿的肩膀说。

正说得高兴，先生从那边嚷着说："你们不上教室温课去，蹲在那块干什么？"一眼看见小铃儿，声音稍微缓和些，"小铃儿你怎么也蹲在那块？快上教室里去！"

大家慢腾腾地溜开，等先生进屋去，又凑在一块商议他们的事。

不到半个月，学校里竟自发生一件奇怪的事——永不招惹人的小铃儿会有人给他告诉："先生！小铃儿打我一拳！"

"胡说！小铃儿哪会打人？不要欺侮他老实！"先生很决断地说，"叫小铃儿来！"

小铃儿一边擦头上的汗一边说："先生！真是我打了他一下，我试着玩来着，我不敢再……"

"去吧！没什么要紧！以后不准这样，这么点事，值得告诉？真是！"先生说完，小铃儿同那委委屈屈的小孩子都走出来。

"先生！小铃儿看着我们值日，他竟说我们没力气，不配当，他又管我们叫小日本，拿着教鞭当枪，比着我们。"几个小女孩子，都用那炭条似的小手，抹着眼泪。

"这样子！可真是学坏了！叫他来，我问他！"先生很不高兴地说。

"先生！她们值日，老不痛痛快快的嘛，三个人搬一把椅子。——再说我也没画她们。"小铃儿恶狠狠地瞪着她们。

"我看你这几天是跟张纯学坏了，顶好的孩子，怎么跟他学呢！"

"谁跟卷毛狮……张纯……"小铃儿背过脸去吐了吐舌头。

"你说什么？"

"谁跟张纯在一块来着！"

"我也不好意思罚你，你帮着她们扫地去，扫完了，快画那张国耻地图。不然我可真要……"先生头也不抬，只顾改缀法的成绩。

"先生！我不用扫地了，先画地图吧！开展览会的时候，好让大家看哪！你不是说，咱们国的人，都不知道爱国吗？"

"也好！去画吧！你们也都别哭了！还不快扫地去，扫完了好回家！"

小铃儿同着她们一齐走出来，走不远，就看见那几个淘气的男孩子，在墙根站着，向小铃儿招手，低声地叫着："豹！豹！快来呀！我们都等急啦！"

"先生还让我画地图哪！"

"什么地图，不来不行！"说话时一齐蜂拥上来，拉着小铃儿向体操场去，他嘴直囔："不行！不行！先生要责备我呢！"

"练身体不是为挨打吗？你没听过先生说吗？什么来着？对了！'斯巴达的小孩，把小猫藏在裤子里，还不怕呢！'挨打是明天的事，先走吧！走！"张纯一边比方着，一边说。

小铃儿皱着眉，同大家来到操场犄角说道："说吧！今天干什么？"

"今天可好啦！我探明白了！一个小鬼子，每天骑着小自行车，从咱们学校北墙外边过，咱们想法子打他好不好？"张纯说。

李进才抢着说："我也知道，他是北街洋教堂的孩子。"

"别粗心咧！咱们都带着学校的徽章，穿着制服，打他的时候，他还认不出来吗？"小铃儿说。

"好怯家伙！大丈夫敢做敢当，再说先生责罚咱们，不会问他，你不是说雪国耻得打洋人吗？"李进才指着教员室那边说。

"对！——可是倘若把衣裳撕了，我母亲不打我吗？"小铃儿站起来，掸了掸身上的土。

"你简直的不用去啦！这么怯，将来还打日本哪？"王凤起指着小铃儿的脸说。

"干哪！听你们的！走……"小铃儿红了脸，同着大众顺着墙根溜出去，也没顾拿书包。

第二天早晨，校长显着极懊恼的神气，在礼堂外边挂了一块白牌，上面写着："德森张纯……不遵校规，纠众群殴……照章斥退……"

马裤先生

火车在北平东站还没开,同屋那位睡上铺的穿马裤、戴平光的眼镜、青缎子洋服上身、胸袋插着小楷羊毫、足登青绒快靴的先生发了问:"你也是从北平上车?"很和气的。

我倒有点迷了头,火车还没动呢,不从北平上车,难道由——由哪儿呢?我只好反攻了,"你从哪儿上车?"很和气的。我希望他说是由汉口或绥远上车,因为果然如此,那么中国火车一定已经是无轨的,可以随便走走,那多么自由!

他没言语。看了看铺位,用尽全身——假如不是全身——的力气喊了声,"茶房!"

茶房正忙着给客人搬东西、找铺位。可是听见这么紧急的一声喊,就是有天大的事也得放下,茶房跑来了。

"拿毯子!"马裤先生喊。

"请少待一会儿,先生,"茶房很和气地说,"一开车,马上就给您铺好。"

马裤先生用食指挖了鼻孔一下,别无动作。

茶房刚走开两步。

"茶房！"这次连火车好似都震得直动。

茶房像旋风似的转过身来。

"拿枕头。"马裤先生大概是已经承认毯子可以迟一下，可是枕头总该先拿来。

"先生，请等一等，您等我忙过这会儿去，毯子和枕头就一齐全到。"茶房说得很快，可依然是很和气。

茶房看马裤客人没任何表示，刚转过身去要走，这次火车确是哗啦了半天，"茶房！"

茶房差点吓了个跟头，赶紧转回身来。

"拿茶！"

"先生请略微等一等，一开车茶水就来。"

马裤先生没任何的表示。茶房故意地笑了笑，表示歉意。然后搭讪着慢慢地转身，以免快转又吓个跟头。转好了身，腿刚预备好要走，背后打了个霹雳，"茶房！"

茶房不是假装没听见，便是耳朵已经震聋，竟自没回头，一直地快步走开。

"茶房！茶房！茶房！"马裤先生连喊，一声比一声高。站台上送客的跑过一群来，以为车上失了火，要不然便是出了人命。茶房始终没回头。马裤先生又挖了鼻孔一下，坐在我的床上。刚坐下，"茶房！"茶房还是没来。看着自己的磕膝，脸往下沉，沉到最长的限度，手指一挖鼻孔，脸好似刷的一下又纵回去了。然后，"你坐二等？"这是问我呢。我又毛了，我确是买的二等，难道上错了车？

"你呢？"我问。

"二等。这是二等。二等有卧铺。快开车了吧？茶房！"我拿起报纸来。

他站起来，数他自己的行李，一共八件，全堆在另一卧铺上——两个上铺都被他占了。数了两次，又说了话，"你的行李呢？"

我没言语。原来我误会了：他是善意，因为他跟着说："可恶的茶房，怎么不给你搬行李？"

我非说话不可了，"我没有行李。"

"呕？！"他确是吓了一跳，好像坐车不带行李是大逆不道似的，"早知道，我那四只皮箱也可以不打行李票了！"

这回该轮着我了，"呕？！"我心里说，"幸而是如此，不然的话，把四只皮箱也搬进来，还有睡觉的地方啊？！"

我对面的铺位也来了客人，他也没有行李，除了手中提着个扁皮夹。

"呕？！"马裤先生又出了声，"早知道你们都没行李，那口棺材也可以不另起票了！"

我决定了。下次旅行一定带行李。真要陪着棺材睡一夜，谁受得了！

茶房从门前走过。

"茶房！拿毛巾把！"

"等等。"茶房似乎下了抵抗的决心。

马裤先生把领带解开，摘下领子来，分别挂在铁钩上：所有的钩子都被占了，他的帽子、大衣，已占了两个。

车开了，他顿时想起买报，"茶房！"

茶房没有来。我把我的报赠给他，我的耳鼓出的主意。

他爬上了上铺，在我的头上脱靴子，并且击打靴底上的土。枕着个手提箱，用我的报纸盖上脸，车还没到永定门，他睡着了。

164

我心中安坦了许多。

到了丰台，车还没站住，上面出了声，"茶房！"

没等茶房答应，他又睡着了。大概这次是梦话。

过了丰台，茶房拿来两壶热茶。我和对面的客人——一位四十来岁平平无奇的人，脸上的肉还可观——吃茶闲扯。大概还没到廊房，上面又打了雷，"茶房！"

茶房来了，眉毛拧得好像要把谁吃了才痛快。

"干吗？先——生——"

"拿茶！"上面的雷声响亮。

"这不是两壶？"茶房指着小桌说。

"上边另要一壶！"

"好吧！"茶房退出去。

"茶房！"

茶房的眉毛拧得直往下落毛。

"不要茶，要一壶开水！"

"好啦！"

"茶房！"

我直怕茶房的眉毛脱净！

"拿毯子，拿枕头，打手巾把，拿——"似乎没想起拿什么好。

"先生，您等一等。天津还上客人呢。过了天津我们一总收拾，也耽误不了您睡觉！"茶房一气说完，扭头就走，好像永远不再想回来。

待了会儿，开水到了，马裤先生又入了梦乡，呼声只比"茶房"小一点。可是匀调，继续不断，有时呼声稍低一点，用咬牙来补上。

"开水，先生！"

"茶房！"

"就在这儿，开水！"

"拿手纸！"

"厕所里有。"

"茶房！厕所在哪边？"

"哪边都有。"

"茶房！"

"回头见。"

"茶房！茶房！！茶房！！"

没有应声。

"呼——呼呼——呼——"又睡了。

有趣！

到了天津。又上来些旅客。马裤先生醒了，对着壶嘴喝了一气水。又在我头上击打靴底。穿上靴子，溜下来，食指挖了鼻孔一下，看了看外面："茶房！"

恰巧茶房在门前经过。

"拿毯子！"

"毯子就来。"

马裤先生出去，呆呆地立在走廊中间，专为阻碍来往的旅客与脚夫。忽然用力挖了鼻孔一下，走了。下了车，看看梨，没买；看看报，没买；看看脚行的号衣，更没作用。又上来了，向我招呼了声，"天津，唉？"我没言语。他向自己说，"问问茶房，"紧跟着一个雷，"茶房！"我后悔了，赶紧地说："是天津，没错儿。"

"总得问问茶房——茶房！"

我笑了，没法再忍住。

车好容易又从天津开走。

刚一开车，茶房给马裤先生拿来头一份毯子枕头和手巾把。马裤先生用手巾把耳鼻孔全钻得到家，这一把手巾擦了至少有一刻钟，最后用手巾擦了擦手提箱上的土。

我给他数着，从老站到总站的十来分钟之间，他又喊了四五十声茶房。茶房只来了一次，他的问题是火车向哪面走呢？茶房的回答是不知道，于是又引起他的建议，车上总该有人知道，茶房应当负责去问。茶房说，连驶车的也不晓得东西南北。于是他几乎变了颜色，万一车走迷了路？！茶房没再回答，可是又掉了几根眉毛。

他又睡了，这次是在头上摔了摔袜子，可是一口痰并没往下唾，而是照顾了车顶。

我睡不着是当然的，我早已看清，除非有一对"避呼耳套"，当然不能睡着。可怜的是别屋的人，他们并没预备来熬夜，可是在这种带钩的呼声下，还只好是白瞪眼一夜。

我的目的地是德州，天将亮就到了。谢天谢地！

车在此处停半点钟，我雇好车，进了城，还清清楚楚地听见，"茶房！"

一个多礼拜了，我还惦记着茶房的眉毛呢。

柳家大院

这两天我们的大院里又透着热闹，出了人命。

事情可不能由这儿说起，得打头儿来。先交代我自己吧，我是个算命的先生。我也卖过酸枣、落花生什么的，那可是先前的事了。现在我在街上摆卦摊，好了呢，一天也抓弄个三毛五毛的。老伴儿早死了，儿子拉洋车。我们爷儿俩住着柳家大院的一间北房。

除了我这间北房，大院里还有二十多间房呢。一共住着多少家子？谁记得清！住两间房的就不多，又搭上今天搬来、明天又搬走，我没有那么好记性。大家见面招呼声"吃了吗"，透着和气；不说呢，也没什么。大家一天到晚为嘴奔命，没有工夫扯闲话儿。爱说话的自然也有啊，可是也得先吃饱了。

还就是我们爷儿俩和王家可以算作老住户，都住了一年多了。早就想搬家，可是我这间屋子下雨还算不十分漏，这个世界哪去找不十分漏水的屋子？不漏的自然有哇，也得住得起呀！再说，一搬家又得花三份儿房钱，莫如忍着吧。晚报上常说什么"平等"，铜子儿不平等，什么也不用说。这是实话。就拿媳妇们说吧，娘家要是不使彩礼，她们一定少挨点揍,是不是?

王家是住两间房。老王和我算是柳家大院里最"文明"的人了。"文明"是三孙子,话先说在头里。我是算命的先生,眼前的字儿颇念一气。天天我看俩大子的晚报。"文明"人,就凭看篇晚报,别装孙子啦!老王是给一家洋人当花匠,总算混着洋事。其实他会种花不会,他自己晓得;若是不会的话,大概他也不肯说。给洋人院里剪草皮的也许叫作花匠,无论怎说吧,老王有点好吹。有什么意思?剪草皮又怎么低下呢?老王想不开这一层。要不怎么我们这种穷人没起色呢,穷不是,还好吹两句!大院里这样的人多了,老跟"文明"人学,好像"文明"人的吹胡子瞪眼睛是应当应分。反正他挣钱不多,花匠也罢,草匠也罢。

老王的儿子是个石匠,脑袋还没石头顺溜呢,没见过这么死巴的人。他可是好石匠,不说屈心话。小王娶了媳妇,比他小着十岁,长得像搁陈了的窝窝头,一脑袋黄毛,永远不乐,一挨揍就哭,还是不断挨揍。老王还有个女儿,大概也有十四五岁了,又贼又坏。他们四口住两间房。

除了我们两家,就得算张二是老住户了,已经在这儿住了六个多月。虽然欠下俩月的房钱,可是还对付着没叫房东给撵出去。张二的媳妇嘴真甜甘,会说话,这或者就是还没叫撵出去的原因。自然她只是在要房租来的时候嘴甜甘;房东一转身,你听她那个骂。谁能不骂房东呢?就凭那么一间狗窝,一月也要一块半钱?!可是谁也没有她骂得那么到家、那么解气。连我这老头子都有点爱上她了,不是为别的,她真会骂。可是,任凭怎么骂,一间狗窝还是一块半钱。这么一想,我又不爱她了。没有真力量,骂骂算得了什么呢。

张二和我的儿子同行,拉车。他的嘴也不善,喝俩铜子的"猫尿"能把全院的人说晕了。穷嚼!我就讨厌穷嚼,虽然张二不是坏心肠的人。

张二有三个小孩,大的捡煤核,二的滚车辙,三的满院爬。

提起孩子来了,简直的说不上来他们都叫什么。院子里的孩子足够一混成旅,怎能记得清楚呢?男女倒好分,反正能光眼子就光着。在院子里走道总得小心点,一慌,不定踩在谁的身上呢。踩了谁也得闹一场气。大人全憋着一肚子委屈,可不就抓个碴儿吵一阵吧。越穷,孩子越多,难道穷人就不该养孩子?不过,穷人也真得想个办法。这群小光眼子将来都干什么去呢?又跟我的儿子一样,拉洋车?我倒不是说拉洋车就低贱,我是说人就不应当拉车。人嘛,当牛马?可是,好些个还活不到能拉车的年纪呢。今年春天闹瘟疹,死了一大批。最爱打孩子的爸爸也咧着大嘴哭,自己的孩子哪有不心疼的?可是哭完也就完了,小席头一卷,夹出城去;死了就死了,省吃是真的。腰里没钱心似铁,我常这么说。这不像一句话,总得想个办法!

除了我们三家子,人家还多着呢。可是我只提这三家子就够了。我不是说柳家大院出了人命吗?死的就是王家那个小媳妇。我说过她像窝窝头,这可不是拿死人打哈哈。我也不是说她"的确"像窝窝头。我是替她难受,替和她差不多的姑娘媳妇们难受。我就常思索,凭什么好好的一个姑娘,养成像窝窝头呢?从小儿不得吃、不得喝,还能油光水滑的吗?是,不错,可是凭什么呢?

少说闲话吧,是这么回事:老王第一个不是东西。我不是说他好吹吗?是,事事他老学那些"文明"人。娶了儿媳妇,喝,他不知道怎么好了。一天到晚对儿媳妇挑鼻子弄眼睛,派头大了。为三个钱的油、两个大子的醋,他能闹得翻江倒海。我知道,穷人肝气旺,爱吵架。老王可是有点存心找毛病,他闹气,不为别的,专为学学"文明"人的派头。他是公公!妈的,公公几个铜子儿一个!我真不明白,为

170

什么穷小子单要充"文明"？这是哪一股儿毒气呢？早晨，他起得早，总得也把小媳妇叫起来，其实有什么事呢？他要立这个规矩，穷酸！她稍微晚起来一点，听吧，这一顿揍！

我知道，小媳妇的娘家使了一百块的彩礼。他们爷儿俩大概再有一年也还不清这笔亏空，所以老拿小媳妇出气。可是要专为这一百块钱闹气，也倒罢了，虽然小媳妇已经够冤枉的。他不是专为这点钱。他是学"文明"人呢，他要做足了当公公的气派。他的老伴不是死了吗？他想把婆婆给儿媳妇的折磨也由他承办。他变着方儿挑她的毛病。她呢，一个十七岁的孩子可懂得什么？跟她耍排场？我知道他那些排场是打哪儿学来的：在茶馆里听那些"文明"人说的。他就是这么个人——和"文明"人要是过两句话，替别人吹几句，脸上立刻能红堂堂的。在洋人家里剪草皮的时候，洋人要是跟他过一句半句的话，他能把尾巴摆动三天三夜。他确是有尾巴。可是他摆一辈子的尾巴了，还是他妈的住破大院啃窝窝头。我真不明白！

老王上工去的时候，把磨折儿媳妇的办法交给女儿替他办。那个贼丫头！我一点也没有看不起穷人家的姑娘的意思。她们给人家做丫鬟去呀、做二房去呀，是常有的事（不是应该的事），那能怨她们吗？不能！可是我讨厌王家这个二妞，她和她爸爸一样的讨人嫌，能钻天觅缝地给她嫂子小鞋穿，能大睁白眼地乱造谣言给嫂子使坏。我知道她为什么这么坏，她是由那个洋人供给着在一个学校念书，她一万多个看不上她的嫂子。她也穿一双整鞋，头发上也戴着一把梳子，瞧她那个美！我就这么琢磨这回事：世界上不应当有穷有富。可是穷人要是狗着有钱的，往高处爬，比什么也坏。老王和二妞就是好例子。她嫂子要是做一双青布新鞋，她变着方儿给踩上泥，然后叫她爸爸骂儿媳妇。我没工夫细说这些事儿，反正这个小媳妇没有一天得着好气，有的时候还吃不饱。

小王呢，石厂子在城外，不住在家里。十天半月地回来一趟，一定揍媳妇一顿。在我们的柳家大院，揍儿媳妇是家常便饭。谁叫老婆吃着男子汉呢，谁叫娘家使了彩礼呢，挨揍是该当的。可是小王本来可以不揍媳妇，因为他轻易不家来，还愿意回回闹气吗？哼，有老王和二妞在旁边挑拨啊。老王罚儿媳妇挨饿、跪着，到底不能亲自下手打，他是自居为"文明"人的，哪能落个公公打儿媳妇呢？所以挑唆儿子去打。他知道儿子是石匠，打一回胜似别人打五回。儿子打完了媳妇，他对儿子和气极了。二妞呢，虽然常拧嫂子的胳臂，可也究竟是不过瘾，恨不能看着哥哥把嫂子当作石头，一下子捶碎才痛快。我告诉你，一个女人要是看不起另一个女人的，那就是活对头。二妞自居女学生，嫂子不过是花一百块钱买来的一个活窝窝头。

王家的小媳妇没有活路。心里越难受，对人也越不和气，全院里没有爱她的人。她连说话都忘了怎么说了。也有痛快的时候，见神见鬼地闹撞客。总是在小王揍完她走了以后，她又哭又说，一个人闹欢了。我的差事来了，老王和我借宪书，抽她的嘴巴。他怕鬼，叫我去抽。等我进了她的屋子，把她安慰得不哭了——我没抽过她，她要的是安慰、几句好话——他进来了，掐她的人中，用草纸熏。其实他知道她已缓醒过来，故意地惩治她。每逢到这个节骨眼，我和老王得吵一架。平日他们吵闹我不管，管又有什么用呢？我要是管，一定是向着小媳妇，这岂不更给她添堵？所以我不管。不过，每逢一闹撞客，我们俩非吵不可了，因为我是在那儿，眼看着，还能一语不发？奇怪的是这个，我们俩吵架，院里的人总说我不对，妇女们也这么说。他们以为她该揍揍。他们也说我多事。男的该打女的,公公该管教儿媳妇,小姑子该给嫂子气受,他们这群男女信这个!怎么会信这个呢?谁教给他们的呢?哪个王八蛋的"文明",可笑,又可哭!

前两天,石匠又回来了。老王不知怎么一时心顺,没叫儿子揍媳妇,小媳妇一见大家欢天喜地,当然是喜欢,脸上居然有点像要笑的意思。二妞看见了这个,仿佛是看见天上出了两个太阳。一定有事!她嫂子正在院子里做饭,她到嫂子屋里去搜开了。一定是石匠哥哥给嫂子买来了贴己的东西,要不然她不会脸上有笑意。翻了半天,什么也没翻出来。我说"半天",意思是翻得很详细,小媳妇屋里的东西还多得了吗?我们的大院里一共也没有两张整桌子来,要不怎么不闹贼呢。我们要是有钱票,是放在袜筒儿里。

二妞的气大了。嫂子脸上敢有笑容?不管查得出私弊查不出,反正得惩治她!

小媳妇正端着锅饭澄米汤,二妞给了她一脚。她的一锅饭出了手。"米饭"!不是丈夫回来,谁敢出主意吃"饭"!她的命好像随着饭锅一同出去了。米汤还没澄干,稀粥似的白饭摊在地上。她拼命用手去捧,滚烫,顾不得——她自己还不如那锅饭值钱呢。实在太热,她捧了几把,疼到了心上,米汁把手糊住。她不敢出声,咬上牙,扎着两只手,疼得直打转。

"爸!瞧她把饭全洒在地上啦!"二妞喊。

爷儿俩全出来了。老王一眼看见饭在地上冒热气,登时就疯了。他只看了小王那么一眼,已然是说明白了,"你是要媳妇,还是要爸爸?"

小王的脸当时就涨紫了,过去揪住小媳妇的头发,拉倒在地。小媳妇没出一声,就人事不知了。

"打！往死了打！打！"老王在一旁嚷，脚踢起许多土来。

二妞怕嫂子是装死，过去拧她的大腿。

院子里的人都出来看热闹，男人不过来劝解，女的自然不敢出声；男人就是喜欢看别人揍媳妇——给自己的那个老婆一个榜样。

我不能不出头了。老王很有揍我一顿的意思。可是我一出头，别的男人也蹭过来。好说歹说，算是劝开了。

第二天一清早，小王老王全去工作。二妞没上学，为的是继续给嫂子气受。

张二嫂动了善心，过来看看小媳妇。因为张二嫂自信会说话，所以一安慰小媳妇，可就得罪了二妞。她们俩抬起来了。当然二妞不行，她还能说得过张二嫂？"你这个丫头要不……我不姓张！"一句话就把二妞骂闷过去了，"三秃子给你俩大子，你就叫他亲嘴，你当我没看见呢？有这么回事没有？有没有？"二嫂的嘴就堵着二妞的耳朵眼，二妞直往后退，还说不出话来。

这一场过去，二妞搭讪着上了街，不好意思再和嫂子闹了。

小媳妇一个人在屋里，工夫可就大啦。张二嫂又过来看一眼，小媳妇在炕上躺着呢，可是穿着出嫁时候的那件红袄。张二嫂问了她两句，她也没回答，只扭过脸去。张家的小二，正在这个工夫跟个孩子打起来，张二嫂忙着跑去解围，因为小二被敌人给按在底下了。

二妞直到快吃饭的时候才回来，一直奔了嫂子的屋子去，看看她做好了饭没有。二妞向来不动手做饭，女学生嘛！一开屋门，她失了魂似的喊了一声，嫂子在房梁上吊着呢！一院子的人全吓惊了，没人想起把她摘下来，谁肯往人命事儿里掺和呢？

二妞捂着眼吓成孙子了。"还不找你爸爸去？！"不知道谁说了

174

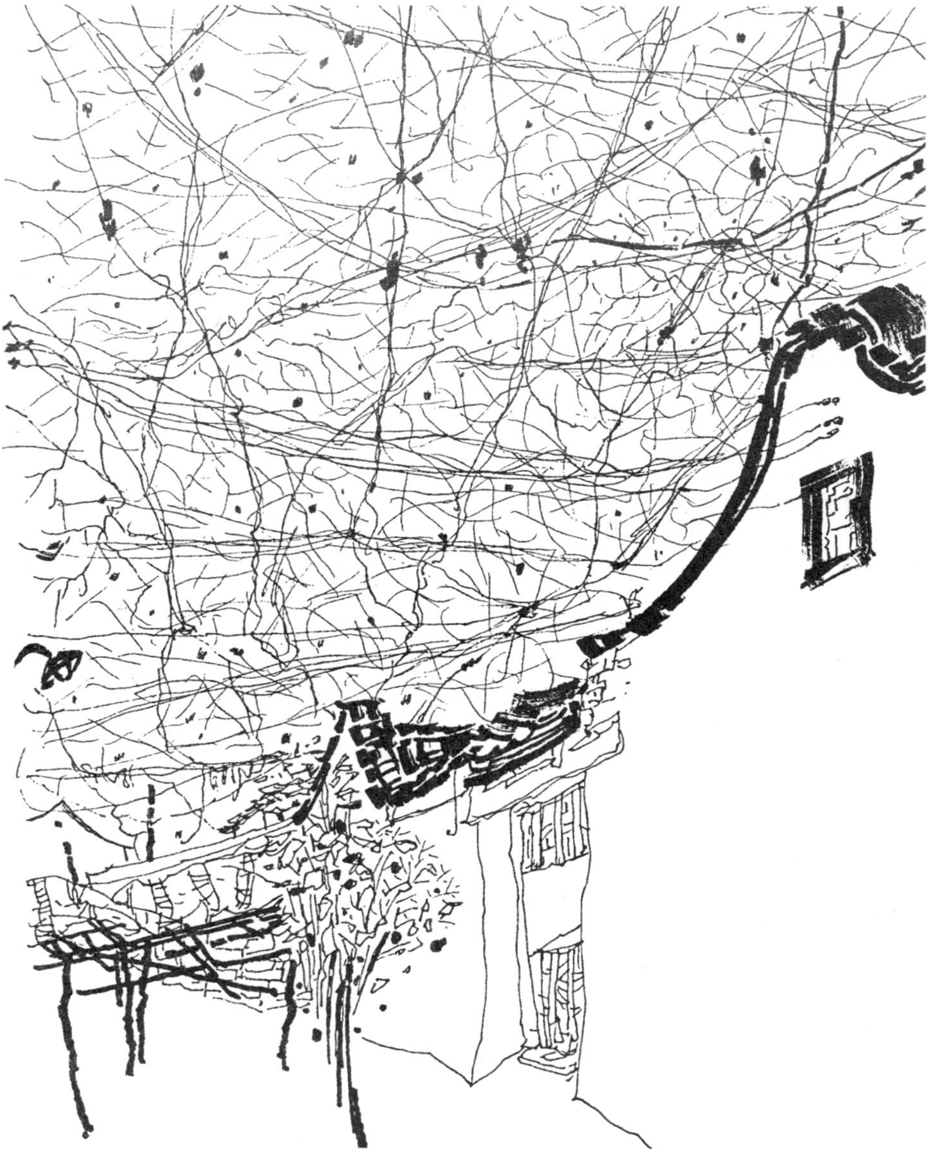

这么一句,她扭头就跑,仿佛鬼在后头追她呢。

老王回来也傻了。小媳妇是没有救儿了;这倒不算什么,脏了房,人家房东能饶得了他吗?再娶一个,只要有钱,可是上次的债还没归清呢!这些个事叫他越想越气,真想咬吊死鬼儿几块肉才解气!

娘家来了人,虽然大嚷大闹,老王并不怕。他早有了预备,早问明白了二妞,小媳妇是受张二嫂的挑唆才想上吊;王家没逼她死,王家没给她气受。你看,老王学"文明"人真学得到家,能瞪着眼扯谎。

张二嫂可抓了瞎,任凭怎么能说会道,也禁不住贼咬一口,入骨三分!人命,就是自己能分辩,丈夫回来也得闹一阵。打官司自然是不会打的,柳家大院的人还敢打官司?可是老王和二妞要是一口咬定,小媳妇的娘家要是跟她要人呢,这可不好办!柳家大院的人是不讲情理的,老王要是咬定了她,她还就真跑不了。谁叫自己平日爱说话呢,街坊们有不少恨她的,就棍打腿,他们还不一拥而上把她"打倒",用个晚报上的字眼。果不其然,张二一回来就听说了,自己的媳妇惹了祸。谁还管青红皂白,先揍完再说,反正打媳妇是理所当然的事。张二嫂挨了顿好的,全大院都觉得十分的痛快。

小媳妇的娘家不打官司,要钱,没钱再说厉害的。老王怕什么偏有什么,前者娶儿媳妇的钱还没还清,现在又来了一档子!可是,无论怎样,也得答应着拿钱,要不然屋里放着吊死鬼,才不像句话。

小王也回来了,十分的像个石头人,可是我看得出,他的心里很难过,谁也没把死了的小媳妇放在心上,只有小王进到屋中,在尸首旁边坐了半天。要不是他的爸爸"文明",我想他决不会常打她。可是,爸爸"文明",儿子也自然是要孝顺了,打吧!一打,他可就忘了他的胳臂本是砸石头的。他一声没出,在屋里坐了好大半天,而且把一条新裤子——就是没补丁呀——给媳妇穿上。他的爸爸跟他说什么，他好像没听见。他一个劲儿地吸蝙蝠牌的烟，眼睛不错眼珠地看着点什么——别人都看不见的一点什么。

娘家要一百块钱——五十是发送小媳妇的，五十归娘家人用。小王还是一语不发。老王答应了拿钱。他第一个先找了张二去。"你的媳妇惹的祸，没什么说的，你拿五十，我拿五十，要不然我把吊死鬼搬到你屋里来。"老王说得温和，可又硬张。

张二刚喝了四个大子的猫尿，眼珠子红着。他也来得不善，"好王大爷的话，五十？我拿！看见没有？屋里有什么你拿什么好了。要不然我把这两个大孩子卖给你，还不值五十块钱？小三的妈！把两个大的送到王大爷屋里去！会跑会吃，决不费事，你又没个孙子，正好嘛！"

老王碰了个软的。张二屋里的陈设大概一共值不了几个铜子儿！俩孩子叫张二留着吧。可是，不能这么轻轻地便宜了张二。拿不出五十呀，三十行不行？张二唱开了《打牙牌》，好像很高兴似的。"三十干吗？还是五十好了，先写在账上，多咱我叫电车轧死，多咱还你。"

老王想叫儿子揍张二一顿。可是张二也挺壮，不一定能揍得了他。张二嫂始终没敢说话，这时候看出一步棋来，乘机会自己找找脸，"姓王的，你等着好了，我要不上你屋里去上吊，我不算好老婆，你等着吧！"

老王是"文明"人，不能和张二嫂斗嘴皮子。而且他也看出来，这种野娘儿们什么也干得出来，真要再来个吊死鬼，可得更吃不了兜着走了。老王算是没敲上张二，张二由《打牙牌》变成了《刀劈三关》。

其实老王早有了"文明"主意，跟张二这一场不过是虚晃一刀。他上洋人家里去，洋大人没在家，他给洋太太跪下了，要一百块钱。

洋太太给了他，可是其中的五十是要由老王的工钱扣的，不要利钱。

老王拿着回来了，鼻子朝着天。开张殃榜[①]就使了八块，阴阳生要不开这张玩意，麻烦还小得了吗？这笔钱不能不花。

小媳妇总算死得"值"。一身新红洋缎的衣裤，新鞋新袜子，一头银白铜的首饰。十二块钱的棺材。还有五个和尚念了个光头三[②]。娘家弄了四十多块去，老王无论如何不能照着五十的数给。

事情算是过去了，二妞可遭了报，不敢进屋子。无论干什么，她老看见嫂子在房梁上挂着呢。老王得搬家。可是，脏房谁来住呢？自己住着，房东也许马马虎虎不究真儿；搬家，不叫赔房才怪呢。可是二妞不敢进屋睡觉也是个事儿。况且儿媳妇已经死了，何必再住两间房？让出那一间去，谁肯住呢？这倒难办了。

老王又有了高招儿，儿媳妇一死，他更看不起女人了。四五十块花在死鬼身上，还叫她娘家拿走四十多，真堵得慌。因此，连二妞的身份也落下来了。干脆把她打发了，进点彩礼，然后赶紧再给儿子续上一房。二妞不敢进屋子呀，正好，去她的。卖个三百二百的除给儿子续娶之外，自己也得留点棺材本儿。

他搭讪着跟我说这个事。我以为要把二妞给我的儿子呢，不是，他是托我给留点神，有对事的外乡人肯出三百二百的就行。我没说什么。

正在这个时候，有人来给小王提亲，十八岁的大姑娘，能洗能做，才要一百二十块钱的彩礼。老王更急了，好像立刻把二妞铲出去才痛快。

房东来了，因为上吊的事吹到他耳朵里。老王把他唬回去了：房

[①]殃榜：旧时阴阳家开具死者年寿及回煞等事的文件。
[②]光头三：指人死后第三天念经超度。

178

脏了，我现在还住着呢！这个事怨不上来我呀，我一天到晚不在家，还能给儿媳妇气受？架不住有坏街坊，要不是张二的娘们，我的儿媳妇能想得起上吊？上吊也倒没什么，我呢，现在又给儿子张罗着，反正混着洋事，自己没钱呀，还能和洋人说句话，接济一步。就凭这回事说吧，洋人送了我一百块钱！

房东叫他给唬住了，跟旁人一打听，的的确确是由洋人那儿拿来的钱。房东没再对老王说什么，不便于得罪混洋事的。可是张二这个家伙不是好调货，欠下两个月的房租，还由着娘儿们拉舌头扯簸箕，撵他搬家！张二嫂无论怎么会说，也得补上俩月的房钱，赶快滚蛋！

张二搬走了，搬走的那天，他又喝得醉猫似的。张二嫂臭骂了房东一大阵。

等着看吧。看二妞能卖多少钱，看小王又娶个什么样的媳妇。什么事呢！"文明"是三孙子，还是那句！

狗之晨

东方既明，宇宙正在微笑，玫瑰的光吻红了东边的云。大黑在窝里伸了伸腿，似乎想起一件事，啊，也许是刚才做的那个梦。谁知道，好吧，再睡。门外有点脚步声！耳朵竖起，像雨后的两枝慈姑叶；嘴，可是，还舍不得项下那片暖，柔，有味的毛。眼睛睁开半个。听出来了，又是那个巡警，因为脚步特别笨重，闻过他的皮鞋，马粪味很大。大黑把耳朵落下去，似乎以为巡警是没有什么趣味的东西。但是，脚步到底是脚步声，还得听听。啊，走远了。算了吧，再睡。把嘴更往深里顶了顶，稍微一睁眼，只能看见自己的毛。

刚要一迷糊，哪来的一声猫叫？头马上便抬起来。在墙头上呢，一定。可是并没看到，纳闷：是那个黑白花的呢，还是那个狸子皮的？想起那狸子皮的，心中似乎不大起劲；狸子皮的抓破过大黑的鼻子；不光荣的事，少想为妙。还是那个黑白花的吧，那天不是大黑几乎把黑白花的堵在墙角么？这么一想，喉咙立刻痒了一下，向空中叫了两声。

"安顿着，大黑！"屋中老太太这么喊。

大黑翻了翻眼珠，老太太总是不许大黑咬猫！可是不敢再作声，并且向屋子那边摇了摇尾巴。什么话呢，天天那盆热气腾腾的食是谁给大黑端来？老太太！即使她的意见不对也不能得罪她，什么话呢，大黑的灵魂是在她手里拿着呢。她不准大黑叫，大黑当然不再叫。假如不服从她，而她三天不给端那热腾腾的食来？大黑不敢再往下想了。

似乎受了刺激，再也睡不着。咬咬自己的尾巴，大概是有个狗蝇，讨厌的东西！窝里似乎不易找到尾巴，出去。在院里绕着圆圈找自己的尾巴，刚咬住，"不棱"，又被（谁？）夺了走，再绕着圈捉。有趣，不觉嗓子里哼出些音调。"大黑！"

老太太真爱管闲事啊！好吧，夹起尾巴，到门洞去看看。坐在门洞，顺着门缝往外看，喝，四眼已经出来遛早了！四眼是老朋友：那天要不幸亏是四眼，大黑一定要输给二青的！二青那小子，处处是大黑的仇敌：抢骨头，闹恋爱，处处和大黑过不去！假如那天他咬住大黑的耳朵？十分感激四眼！"四眼！"热情地叫着。四眼正在墙根找到包箱似的方便所在，刚要抬腿："大黑，快来，到大院去跑一回？"

大黑焉有不同意之理，可是，门，门还关着呢！叫几声试试，也许老头就来开门。叫了几声，没用。再试试两爪，在门上抓了一回，门纹丝没动！

眼看着四眼独自向大院跑去！大黑真急了，向墙头叫了几声，虽然明知道自己没有上墙的本领。再向门外看看，四眼已经没影了。可是门外走着个叫花子，大黑借此为题，拼命地咬起来。大黑有个缺点，那就是好欺侮苦人。见汽车快躲，见穷人紧追，大黑几乎由习惯中形成这么两句格言。叫花子也没影了，大黑想象着狂咬一番，不如是好像不足以表示出自己的尊严，好在想象是不费什么实力的。

大概老头快来开门了，大黑猜摸着。这么一想，赶紧跑到后院去，以免大清早晨的就挨一顿骂。果然，刚到后院，就听见老头儿去开街门。大黑心中暗笑，觉得自己的智慧足以使生命十分有趣而平安。

等到老头又回到屋中，大黑轻轻地顺着墙根溜出去。出了街门，抖了抖身上的毛，向空中闻了闻，觉得精神十分焕发。然后又伸了个懒腰，就手儿在地上磨了磨脚指甲，后腿蹬起许多的土，沙沙地打在墙上，非常得意。在门前蹲坐起来，耳朵立着，坐着比站着身量高，加上两个竖立的耳朵，觉得自己很伟大而重要。

刚这么坐好，黄子由东边来了。黄子是这条胡同里的贵族，身量大，嘴是方的，叫的声音瓮声瓮气。大黑的耳朵渐渐往下落，心里嘀咕：还是坐着不动好呢，还是向黄子摆摆尾巴好呢，还是以进为退假装怒叫两声呢？他知道黄子的厉害，同时，又要顾及自己的尊严。他微微地回了回头，呕，没关系，坐在自己家门口还有什么危险？耳朵又微微地往上立，可是其余的地方都没敢动。

黄子过来了！在离大黑不远的一个墙角闻了闻，好像并没注意大黑。大黑心中同时对自己下了两道命令："跑！""别动！"

黄子又往前凑了凑，几乎是要挨着大黑了。大黑的胸部有些颤动。可是黄子还好似没看见大黑，昂然走过去。他远了，大黑开始觉得不是味道：为什么不乘着黄子没防备好而扑过去咬他一口？十分的可耻，那样地怕黄子。大黑越想越看不起自己。为发泄心中的怒气，开始向空中瞎叫。继而一想，万一把黄子叫回来呢？登时立起来，向东走去，这样便不会和黄子走个两碰头。

大黑不像黄子那样在道路当中卷起尾巴走，而是夹着尾巴顺墙根往前溜。这样，如遇上危险，至少屁股可以拿墙作后盾，减少后方的防务。在这里就可以看出大黑并不"大"，大黑的"大"和小花的"小"，都不许十分较真的。可是他极重视这个"大"字,特别和他主人在一块的时候,主人一喊"大"黑,他便觉得自己至少有骆驼那么大,跟谁也敢拼一拼。就是主人不在眼前的时候,他也不敢承认自己是小。因为连不敢这么承认还不肯卷起尾巴走路呢;设若根本的自认渺小,那还敢出来走走吗?"大"字是他的主心骨。"大"字使他对小哈巴狗、瘦猫、叫花子,敢张口就咬;"大"字使他有时候对大狗——像黄子之类的——也敢露一露牙,和嗓子眼里细叫几声;而且主人在跟前的时候,"大"字使他甚至于敢和黄子干一仗,虽明知必败,而不得不这样牺牲。狗的世界是不和平的,大黑专仗着这个"大"字去欺软怕硬地享受生命。

　　大黑的长相也不漂亮,而最足自馁的是没有黄子那样的一张方嘴。狗的女性们,把吻永远白送给方嘴;大黑的小尖嘴,猛看像个籽粒不足的"老鸡头",就是把舌头伸出多长,她们连向他笑一下都觉得有失尊严。这个,大黑在自思自叹的时候,不能不归罪于他的父母。虽然老太太常说,大黑的父亲是饭庄子的那个小驴似的老黑,他十分怀疑这个说法。况且谁是他的母亲?没人知道!大黑没有可靠的家谱佐证,所以连和四眼谈话的时候,也不提家事,大黑十分伤心。更不敢照镜子,地上有汪水,他都躲开。对于大黑,顾影是不能引起自怜的。那条尾巴!细,软,毛儿不多,偏偏很长,就是卷起来也不威武,况且卷着还很费事,老得夹着!大黑到了大院。四眼并没在那里。大黑赶紧往四下看看,好在二青什么的全没在那里,心里安定了些。由走改为小跑,觉得痛快。好像二青也算不了什么,而且有和二青再打一架的必要。再和二青打的时候,顶好是咬住他一个地方,死不撒嘴,这样必能制胜。打倒了二青,再联络四眼战败黄子,大黑便可以称雄了。

远处有吠声,好几个狗一同叫呢。细听,有她的声音!她,小花!大黑向她伸过多少回舌头,摆过多少回尾巴,可是她,她连正眼瞧大黑一眼也不瞧!不是她的过错,战败二青和黄子,她自然会爱大黑的。大黑决定去看看,谁和小花一块唱恋歌呢。快跑。别,跑太快了,和黄子碰个头,可不得了,谨慎一些好。四六步地跑。

　　看见了:小花,喝,围着七八个,哪个也比大黑个子大、声音高!无望!不便于过去。可是四眼也在那边呢;四眼敢,大黑为何不敢?可是,四眼也个子不小哇,至少四眼的尾巴卷得有个样儿。有点恨四眼,虽然是好朋友。

　　大黑叫开了。虽然不敢过去,可是在远处示威总比那一天到晚闷在家里的小哈巴狗强多了。那边还有个小板凳狗,安然地在家门口坐着,连叫也不敢叫;大黑的身份增高了很多,凡事就怕比较。

　　那群大狗打起来了。打得真厉害,啊,四眼倒在底下了。哎呀四眼;呕,活该;到底他已闻了小花一鼻子。大黑的嫉妒把友谊完全忘了。看,四眼又起来了,扑过小花去了,大黑的心差点跳出来了,自己耗着转了个圆圈。啊,好!小花极骄慢地躲开四眼。好,小花,大黑痛快极了。

　　那群大狗打过这边来了,大黑一边看着一边退步,心里说:别叫四眼看见,假如一被看见,他求我帮忙,可就不好办了。往后退,眼睛呆看着小花,她今天特别的骄傲、好看。大黑恨自己!退得离小板凳狗不远了,唉,拿个小东西杀杀气吧!闻了小板凳一下,小板凳跳起来,善意地向大黑腿部一扑,似乎是要和大黑玩耍玩耍。大黑更生气了:谁和你个小东西玩呢?牙露出来,耳朵也立起来示威。小板凳真不知趣:轻轻抓了地几下,腰儿塌着,尾巴卷着直摆。大黑知道这个小东西是不怕他,嘴张开了,预备咬小东西的脖子。正在这个当儿,大狗们跑过来了。小板凳看着他们，小嘴儿嚓着巴巴地叫起来，毫无惧意。大黑转过身来，几乎碰着黄子的哥哥，比黄子还大，鼻子上一大道白，这白鼻梁看着就可怕！大黑深恐小板凳的吠声引起他们的注意，而把大黑给围在当中。可是他们只顾追着小花，一群野马似的跑了过去，似乎谁也没有看到大黑。大黑的耻辱算是到了家，他还不如小板凳硬气呢！

似乎得设法叫小板凳看出大黑是和那群大狗为伍的。好吧，向前赶了两步，轻轻地叫了两声，瞭了小板凳一眼，似乎是说：你看，我也是小花的情人；你，小板凳，只配在这儿坐着。

风也似的，小花在前，他们在后紧随，又回来了！躲是来不及了，大黑的左右都是方嘴——都大得出奇！他们全身没有一根毛能舒坦地贴着肉皮子，全离心离骨地立起来。他的腿好像抽出了骨头，只剩下些皮和筋，而还要立着！他的尖嘴向四围纵纵着，只露出一对大牙。他的尾巴似乎要挤进肚皮里去。他的腰躬着，可是这样缩短，还掩不住两旁的筋骨。小花，好像是故意的，挤了他一下。他一点也不觉得舒服，急忙往后退。后腿碰着四眼的头。四眼并没招呼他。

一阵风似的，他们又跑远了。大黑哆嗦着把牙收回嘴中去，把腰平伸了伸，开始往家跑。后面小板凳追上来，一劲巴巴地叫。大黑回头龇了龇牙：干吗呀，你！似乎是说。

回到家中，看了看盆里，老太太还没把食端来。倒在台阶上，舐着腿上的毛。

"一边去！好狗不挡道，单在台阶上趴着！"老太太喊。翻了翻白眼，到墙根去卧着。心中安定了，开始设想：假如方才不害怕，他们也未必把我怎样吧！后悔：小花挤了我一下，假使乘那个机会……

185

决定不行，决定不行！那个小板凳！焉知小板凳不是个女性呢，竟自忘了看！谁和小板凳讲交情呢！

门外有人拍门。大黑立刻精神起来，等着老太太叫大黑。"大黑！"

大黑立刻叫起来，往下扑着叫，觉得自己十二分的重要威严。老太太去看门，大黑跟着，拼命地叫。

送信的。大黑在老太太脚前扑着往外咬。邮差安然不动。

老太太踢了大黑一腿："怎这么讨厌，一边去！"

大黑不敢再叫，随着老太太进来，依旧卧在墙根。肚中发空，眼瞭着食盆，把一切都忘了，好像大黑的生命存在与否只看那个黑盆里冒热气不冒！

一封家信

专就组织上说,这是个理想的小家庭:一夫一妇和一个三岁的小男孩。不过,"理想的"或者不仅是立在组织简单上,那么这小家庭可就不能完全像个小乐园,而也得分担着尘世上的那些苦痛与不安了。

由这小家庭所发出的声响,我们就可以判断,它的发展似乎有点畸形,而我们也晓得,失去平衡的必将跌倒,就是一个家庭也非例外。

在这里,我们只听见那位太太吵叫,而那位先生仿佛是个哑巴。我们善意地来推测,这位先生的闭口不响,一定具有要维持和平的苦心和盼望。可是,人与人之间是多么不易谅解呢;他不出声,她就越发闹气:"你说话呀!说呀!怎么啦?你哑巴了?好吧,冲你这么死不开口,就得离婚!离婚!"

是的,范彩珠——那小家庭的女性独裁者——是懂得世界上有离婚这件事的,谁知道离婚这件事,假若实际地去做,都有什么手续与意义呢,反正她觉得这两字很有些力量,说出来既不蠢野,又足以使丈夫多少着点急。她,头发烫得那么细腻,真正一九三七的飞机式,脸上是那么香润;圆圆的胳臂,高高的乳房,衣服是那么讲究抱身;

她要说句离婚，他怎能不着急呢？当吵闹一阵之后，她对着衣镜端详自己，觉得正像个电影明星。虽然并不十分厌恶她的丈夫——他长得很英俊，心眼很忠厚——可是到底她应当常常发脾气，似乎只有教他难堪才足以减少她自己的委屈。他的确不坏，可是"不坏"并不就是"都好"，他一月才能挣二百块钱！不错，这二百元是全数交给她，而后她再推测着他的需要给他三块五块的；可是凭她的脸、她的胳臂、她的乳、她的脚，难道就能在二百元以下充分地把美都表现出来么？况且，越是因为美而窘，便越须撑起架子，看电影去即使可以买二等票，因为是坐在黑暗之中，可是听戏去便非包厢不可了——绝对不能将就！啊，这二百元的运用，与一切家事、交际、脸面的维持——在二百元之内要调动得灵活漂亮，是多么困难恼人的事！特别是对她自己，太难了！连该花在男人与小孩身上的都借来用在自己身上，还是不能不拿搀了麻的丝袜当作纯丝袜子穿！连被褥都舍不得按时拆洗，还是不能回回看电影去都叫小汽车，而得有时候坐那破烂，使人想落泪的胶皮车！是的，老范不错，不挑吃不挑喝的怪老实，可是，只能挣二百元哟！

老范真爱他的女人，真爱他的小男孩。在结婚以前，他立志非娶个开通的美女不可。为这个志愿，他极忠诚地去做事，极俭朴地过活；把一切青年们所有的小小浪漫行为，都像冗枝乱叶似的剪除净尽，单单培养那一朵浪漫的大花。连香烟都不吃！

省下了钱，便放大了胆，他穿上特为浪漫事件裁制的西装去探险。他看见，他追求，他娶了彩珠小姐。

彩珠并不像她自己所想的那样美妙惊人，也不像老范所想的那么美丽的女子。可是她年轻，她活泼，她会作伪；教老范觉得彩珠即使不是最理想的女子，也和那差不多；把她摆在任何地方，她也不至显出落伍或乡下气。于是，他就把储蓄金拿出来，清偿那生平最大的浪漫之债，结了婚。

他没有多挣钱的坏手段，而有维持二百元薪水的真本领。消极的，他兢兢业业地不许自己落在二百元的下边来，这是他浪漫的经济水准。

他领略了以浮浅为开通、以作伪为本事、以修饰为美丽的女子的滋味。可是他并不后悔。他以为他应该在讨她的喜欢上见出自己的真爱情，应该在不还口相讥上表示自己的沉着有为，应该在尽力供给她上显出自己的勇敢。他得做个模范丈夫，好对得起自己的理想，即使他的伴侣有不尽合理想的地方。况且，她还生了小珠。在生了小珠以后，她显着更圆润、更开通、更活泼，既是少妇，又是母亲，青春的娇美与母亲的尊严联在一身，香粉味与乳香合在一处；他应当低头！不错，她也更厉害了，可是他细细一想呢，也就难以怪她。女子总是女子，他想，既要女子，就须把自己放弃了。再说，他还有小珠呢，可以一块儿玩，一块儿睡；教青年的妈妈吵闹吧，他会和一个新生命最亲密地玩耍，做个理想的父亲。他会用两个男子——他与小珠——的嬉笑亲热抵抗一个女性的霸道；就是抵抗与霸道这样的字眼也还是偶一想到，并不永远在他心中，使他的心里坚硬起来。

从对彩珠的态度上，可以看出他处世为人的居心与方法。他非常的忠诚，消极的他不求有功，只求无过，积极的他要事事对得起良心与那二百元的报酬——他老愿卖出三百元的力气，而并不觉得冤枉。这样，他被大家视为没有前途的人，就是在求他多做点事的缘故，也不过认为他窝囊好欺，而绝对不感谢。

他自己可并不小看自己，不，他觉得自己很有点硬劲。他绝对不为自己发愁，凭他的本事，到哪里也挣得出二百元钱来，而且永远对得起那些钱。维持住这个生活费用，他就不便多想什么向前发展的方法与计划。他永远不去相面算命。他不求走运，而只管尽心尽力。他不为任何事情任何主义去宣传，他只把自己的生命放在正当的工作上。有时候他自认为牛，正因为牛有相当的伟大。

平津像个噩梦似的丢掉，老范正在北平。他必须出来，良心不许他接受任何不正道的钱。可是，他走不出来。他没有钱，而有个必须起码坐二等车才肯走的太太。

在彩珠看，世界不过是个大游戏场，不管刮风还是下雨，都须穿着高跟鞋去看热闹。"你上哪儿？你就忍心地撇下我和小珠？我也走？逃难似的教我去受罪？你真懂事就结了！这些东西，这些东西，怎么拿？先不用说别的！你可以叫花子似的走，我缺了哪样东西也不行！又不出声啦？好吧，你有主意把东西都带走，体体面面的，像旅行似的，我就跟你去，开开眼也好！"

抱着小珠，老范一声也不出。他不愿去批评彩珠，只觉得放弃妻子与放弃国旗是同样忍心的事，而他又没能力把二者同时都保全住！他恨自己无能，所以原谅了彩珠的无知。

几天，他在屋中转来转去。他不敢出门，不是怕被敌人杀死，而是怕自己没有杀敌的勇气。在家里，他听着太太叨唠，看着小珠玩耍，热泪时时地迷住他的眼。每逢听到小珠喊他"爸"他就咬上嘴唇点点头。

"小珠！"他苦痛到无可如何，不得不说句话了，"小珠！你是小亡国奴！"

这，被彩珠听见了。"扯什么淡呢！有本事把我们送到香港去，在这儿瞎发什么愁！小珠，这儿来，你爸爸要像小钟的爸爸那么样，够多好!"她的声音温软了许多,眼看着远处,脸上露出娇痴的羡慕,"人家带走二十箱衣裳,住天津租界去!小钟的妈有我这么美吗?"

"小钟妈,耳朵这样!"小珠的胖手用力往前推耳朵,准知道这样可以得妈妈的欢心,因为做过已经不是一次了。

趁小珠和彩珠睡熟,老范轻轻地到外间屋去。把电灯用块黑布罩上,找出信纸来。他必须逃出亡城,可是自结婚以后,他没有一点儿储蓄,无法把家眷带走。即使勉强地带了出去,他并没有马上找到事情的把握,还不如把目下所能凑到的一点钱留给彩珠,而自己单独去碰运气;找到相当的工作,再设法接他们;一时找不到工作,他自己怎样都好将就活着,而他们不至马上受罪。好,他想给彩珠留下几个字,说明这个意思,而后他偷偷地跑出去,连被褥也无须拿。

他开始写信。心中像有千言万语,夫妻的爱恋,国事的危急,家庭的责任,国民的义务,离别的难堪,将来的希望,对妻的安慰,对小珠的嘱托……都应当写进去。可是,笔画在纸上,他的热情都被难过打碎,写出的只是几个最平凡无力的字!撕了一张,第二张一点也不比第一张强,又被扯碎。他没有再拿笔的勇气。

一张字纸也不留,就这么偷偷走?他又没有这个狠心。他的妻,他的子,不能在国危城陷的时候抛下不管,即使自己的逃亡是为了国家。

轻轻地走进去,借着外屋一点点灯光,他看到妻与子的轮廓。这轮廓中的一切,他都极清楚地记得,一个痣、一块小疤的地位都记得极正确。这两个是他生命的生命。不管彩珠有多少缺点,不管小珠有什么前途,他自己须先尽了爱护保卫的责任。他的心软了下去。不能走,不能走!死在一处是不智慧的,可是在感情上似乎很近人情。他一夜没睡。

同时，在亡城之外仿佛有些呼声，叫他快走，在国旗下去做个有勇气有用处的人。

假若他把这呼声传达给彩珠，而彩珠也能明白，他便能含泪微笑地走出家门；即使永远不能与她相见，他也能忍受，也能无愧于心。可是，他知道彩珠决不能明白；跟她细说，只是引起她的吵闹；不辞而别，又太狠心。他想不出好的办法。走？不走？必须决定，而没法决定；他成了亡城里一个困兽。

在焦急之中，他看出一线的光亮来。他必须在彩珠所能了解的事情中，找出不至太伤她的心，也不至使自己太难过的办法。跟她谈国家大事是没有任何用处的，她的身体就是她的生命，她不知道身外还有什么。

"我去挣钱，所以得走！"他明知这里不尽实在，可是只有这么说，才能打动她的心，而从她手中跑出去。"我有了事，安置好了家，就来接你们。一定不能像逃难似的，尽我的全力教你和小珠舒服！"

"现在呢？"彩珠手中没有钱。

"我去借！能借多少就借多少。我一个不拿，全给你们留下！"

"你上哪儿去？"

"上海，南京——能挣钱的地方！"

"到上海可务必给我买个衣料！"

"一定！"

用这样实际的诺许与条件，老范才教自己又见到国旗。由南京而武汉，他勤苦地工作；工作后，他默默地思念他的妻子。他一个钱也不敢虚花，好对得住妻子；一件事不敢敷衍，好对得起国家。他瘦，他忙，他不放心家小，不放心国家。他常常给彩珠写信，报告他的一切，歉意地说明他在外工作的意义。他盼家信像盼打胜仗那样恳切，可是彩珠没有回信。他明知这是彩珠已接到他的钱与信，钱到她手里她就会缄默，一向是如此。可是他到底不放心。他不怨彩珠糊涂与疏忽，而正因为她糊涂，他才更不放心。他甚至忧虑到彩珠是否能负责看护小珠，因为彩珠虽然不十分了解反贤妻良母主义，可是她很会为了自己的享受而忘了一切家庭的责任。老范并不因此而恨恶彩珠，可是他既在外，便不能给小珠做些忽略了的事，这很可虑，这当自咎。

他在六七个月中已换了三次事，不是因为他见利思迁，而是各处拉他，知道他肯负责做事。在战争中，人们确是慢慢地把良心拿出来，也知道用几个实心任事的人，即使还不肯自己卖力气。在这种情形下，老范的价值开始被大家看出，而成功了干员。他还保持住了二百元薪金的水准，虽然实际上只拿一百将出头。他不怨少拿钱而多做事；可是他知道彩珠会花钱。既然无力把她接出来，而又不能多给她寄钱，在他看，是件残酷的事。他老想对得起她，不管她是怎样的浮浅无知。

到武昌，他在军事机关服务。他极忙，可是在万忙中还要担心彩珠，这使他常常弄出小小的错误。忙、忧、愧，三者一齐进攻，他有时候心中非常的迷乱，愿忘了一切而又要同时顾虑一切，很怕自己疯了，而心中的确时时地恍惚。

在敌机的狂炸下，他还照常做他的事。他害怕，却不是怕自己被炸死，而是在危患中忧虑他的妻子。怎么一封信没有呢？假若有她一封信，他便可以在轰炸中无忧无虑地做事，而毫无可惧。那封信将是他最大的安慰！

信来了！他什么也顾不得，而颤抖着一遍二遍三遍地去读念。读了三遍，还没明白她说的是什么，却在那些字里看到她的形影，想起当年恋爱期间的欣悦,和小珠的可爱的语声与面貌。小珠怎样了呢?他从信中去找,一字一字地细找;没有,没提到小珠一个字!失望使他的心清凉了一些;看明白了大部分的字,都是责难他的!她的形影与一切都消逝了,他眼前只是那张死板板的字,与一些冷酷无情的字!

警报!他往外走,不知到哪里去好,手中拿着那封信。再看,再看,虽然得不到安慰,他还想从字里行间看出她与小珠都平安。没有,没有一个"平"字与"安"字,哪怕是分开来写在不同的地方呢,没有!钱不够用,没有娱乐,没有新衣服,为什么你不回来呢?你在外边享福,就忘了家中……

紧急警报!他立在门外,拿着那封信。飞机到了,高射炮响了,他不动。紧紧地握着那封信,他看到的不是天上的飞机,而是彩珠的飞机式的头发。他愿将唇放在那曲折香润的发上;看了看手中的信纸,心中像刀刺了一下。极忙地往里跑,他忽然想起该赶快办的一件公事。

刚跑出几步,他倒在地上,头齐齐地从项上炸开,血溅到前边,给家信上加了些红点子。

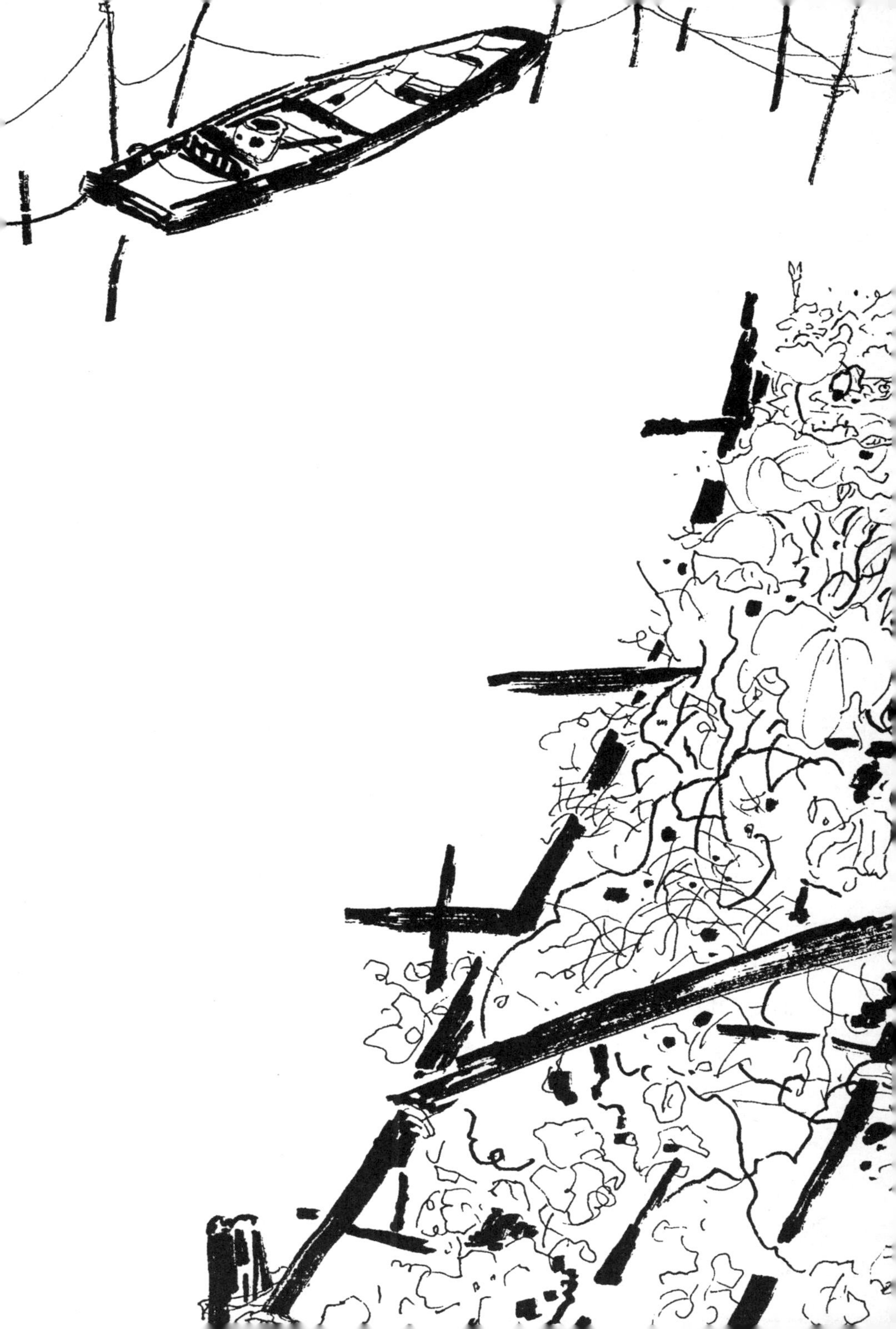

沈二哥加了薪水

四十来岁，扁脸，细眉，冬夏常青地笑着，就是沈二哥。走路非常慎重，左脚迈出，右脚得想一会儿才敢跟上去。因此左肩有些探出。在左肩左脚都伸出去，而右脚正思索着的时节，很可以给他照张相，姿态有如什么大人物刚下飞机的样子。

自幼儿沈二哥就想做大人物，到如今可是还没信儿做成。因为要做大人物，就很谨慎，成人以后谁也晓得他老于世故。可是老于世故并不是怎样的惊天动地。他觉得受着压迫，很悲观。处处他用着心思，事事他想得周到，步法永远一丝不乱，可也没走到哪儿去。他不明白。总是受着压迫，他想；不然的话……他要由细腻而丰富，谁知道越细心越往小里抽，像个盘中的橘子，一天比一天缩小。他感到了空虚，而莫名其妙。

只有一点安慰——他没碰过多少钉子，凡事他都要"想想看"，唯恐碰在钉子上。他躲开了许多钉子，可是也躲开了伟大；安慰改成了失望。四十来岁的了，他还没飞起来过一次。躲开一些钉子，真的，可是嘴按在沙窝上，不疼，怪憋得慌。

对家里的人，他算尽到了心。可是他们都欺侮他。太太又要件蓝自由呢的夹袍。他照例地想想看，不说行，也不说不行。他得想想看：论岁数，她也三十五六了，穿哪门子自由呢？论需要，她不是有两三件夹袍了吗？论体面，似乎应当先给儿女们做新衣裳，论……他想出无数的理由，可是不便对她直说。想想看最保险。

"想想看，老想想看，"沈二嫂挂了气，"想他妈的蛋！你一辈子可想出来什么了？！"

沈二哥的细眉拧起来，太太没这样厉害过、野蛮过。他不便还口，老夫老妻的，别打破了脸。太太会后悔的，一定。他管束着自己，等她后悔。

可是一两天了，他老没忘了她的话，一时一刻也没忘。时时刻刻那两句话刺着他的心。他似乎已忘了那是她说的，他已忘了太太的厉害与野蛮。那好像是一个启示，一个提醒，一个向生命的总攻击。"一辈子可想出什么来了？老想想看！想他妈的蛋！"在往日，太太要是发脾气，他只认为那是一种压迫——他越细心、越周到、越智慧，他们大家越欺侮他。这一回可不是这样了。这不是压迫，不是闹脾气，而是什么一种摇动，像一阵狂风要把老老实实的一棵树连根拔起来，连根！他仿佛忽然明白过来：生命的所有空虚，都因为想他妈的蛋。他得干点什么，要干就干，再没有想想看。

是的，马上给她买自由呢，没有想想看。生命是要流出来的，不能罐里养王八。不能！三角五一尺，自由呢。买，没有想想看，连价钱也不还，买就是买。

刮着小西北风，斜阳中的少数黄叶金子似的。风刮在扁脸上，凉，痛快。秋也有它的光荣。沈二哥夹着那卷儿自由呢，几乎是随便地走，歪着肩膀，两脚谁也不等着谁，一溜歪斜地走。没有想想看，碰着人也活该。这是点劲儿。先叫老婆赏识赏识，三角五一尺，自由呢，连价也没还，劲儿！沈二哥的平腮挂出了红色，心里发热。生命应该是热的，他想，他痛快。

"给你，自由呢！"连多少钱一尺也不便说，丈夫气。"你这个人，"太太笑着，一种轻慢的笑，"不问问我就买，真是，我昨天已经买下了。得，来个双份。有钱是怎着？！""那你可不告诉我？！"沈二哥还不肯后悔，只是乘机会给太太两句硬的，"双份也没关系，买了就是买了！""哟，瞧这股子劲！"太太几乎要佩服丈夫一下，"吃了横人肉了？不告诉你喽，哪一回想想看不是个蔫溜儿屁？！"太太决定不佩服他一下了。

沈二哥没再言语，心中较上了劲。快四十了，不能再抽抽。英雄伟人必须有个劲儿，没有前思，没有后想，对！第二天上衙门，走得很快。遇上熟人，大概的一点头，向着树，还是向着电线杆子，都没关系。使他们惊异，正好。

衙门里同事的有三个加了薪。沈二哥决定去见长官，没有想想看。沈二哥在衙门里多年了，哪一件事，经他的手，没出过错。加薪没他的事？可以！他挺起身来，自己觉得高了一块，去见司长。

"司长，我要求加薪。"没有想想看，要什么就说什么。这是到伟大之路。

"沈先生，"司长对老人儿挺和气，"坐，坐。"

没有想想看，沈二哥坐在司长的对面，脸上红着。"要加薪？"司长笑了笑，"老人儿了，应当的，不过，我想想看。"

"没有想想看，司长，说句痛快的！"沈二哥的心几乎炸了，声音发颤，一辈子没说过这样的话。

司长愣了,手下没有一个人敢这样说话,特别是沈二哥;沈二哥一定有点毛病,也许是喝了两盅酒,"沈先生,我不能马上回答你;这么办,晚上你到我家里,咱们谈一谈?"

沈二哥心中打了鼓,几乎说出"想想看"来。他管住了嘴:"晚上见,司长。"他退出屋。什么意思呢?什么意思呢?管它呢,已经就是已经。看司长的神气,也许……不管!该死反正活不了。不过,真要是……沈二哥的脸慢慢白了,嘴唇自己动着。他得去喝盅酒,酒是英雄们的玩意儿。可是他没去喝酒,他没那个习惯。

他决定到司长家里去。一定没什么错儿;要是真得罪了司长,还往家中邀他么?说不定还许有点好处,"硬"的结果;人是得硬,哪怕偶尔一次呢。他不再怕,也不告诉太太,他一声不出地去见司长,得到好处再告诉她,得叫她看一手两手的。沈二哥几乎是高了兴。

司长真等着他呢。很客气,并且管他叫沈二哥:"你比我资格老,我们背地里都叫你沈二哥,坐,坐!"沈二哥感激司长,想起自己的过错,不该和司长耍脾气。"司长,对不起,我那么无礼。"沈二哥交待了这几句,心里合了辙。他就是这么说话的时候觉得自然,合身份。"自己一定是疯了,跟司长翻脸。"他心里说。他一点也不硬了,规规矩矩地坐着,眼睛看着自己的膝,"司长叫我干什么?""没事,谈一谈。"

"是。"沈二哥的声音低而好听,自己听着都入耳。说完了,似乎随着来了个声音:"你抽抽",他也觉出来自己是一点一点往里缩呢。可是他不能改,特别是在司长面前。司长比他大得多,他得承认自己是"小不点"。况且司长这样客气呢,能给脸不兜着么?

"你在衙门里有十年了吧?"司长问,很亲热地。"十多年了。"沈二哥不敢多带感情,可是不由得有点骄傲,生命并没白白过去,十多年了，老有差事做，稳当，熟习，没碰过钉子。

"还愿往下做？"司长笑了。

沈二哥回答不出，觉得身子直往里抽抽。他的心疼了一下。还愿往下做？是的。但是，这么下去能成个人物么？他真不敢问自己，舌头木住了，全是空的，全是。"你看，今天你找我去……我明白……你是这样，我何尝不是这样。"司长思索了会儿，"咱们差不多。没有想想看，你说的，对了。咱们都坏在想想看上。不是活着，是凑合。你打动了我。咱们都有这种时候，不过很少敢像你这么直说出来的。咱们把心放在手上捧着。越活越抽抽。"司长的眼中露出真的情感。

沈二哥的嘴中冒了水。"司长，对！咱们，我，一天一天地思索，只是为'躲'，像苍蝇。对谁，对任何事，想想看。精明，不吃亏。其实，其实……"他再找不到话，嗓子中堵住了点什么。

"几时咱们才能不想想看呢？"司长叹息着。

"几时才能不想想看呢？"沈二哥重了一句，作为回答。

"说真的，当你说想想看的时候，你想什么？"

"我？"沈二哥要落泪，"我只想把自己放在有垫子的地方，不碰屁股。可也有时候，什么也不想，只是一种习惯，一种习惯。当我一说那三个字，我就觉得自己小了一些。可是我还得说，像小麻雀听见声儿必飞一下似的。我自己小起来，同时我管这种不舒服叫作压迫。我疑心。事事是和我顶着牛。我抓不到什么，只求别沉下去，像不会水的落在河里。我——"

"像个没病而怕要生病的，"司长接了过去，"什么事都先从坏里想，老微笑着从反面解释人家的好话真话。"他停了一会儿，"可是，不用多讲过去的了，现在我们怎办呢？""怎办呢？"沈二哥随着问，心里发空，"我们得有劲儿，我认为？"

"今天你在衙门里总算有了劲儿，"司长又笑了笑，"但是，假如不是遇上我，你的劲儿有什么结果呢？我明天要是对部长有劲儿一回，又怎样呢？"

"事情大概就吹了！"

"沈二哥，假若在四川，或是青海，有个事情，需要两个硬人，咱俩可以一同去，你去不去？"

"我想想看。"沈二哥不由得说出来了。

司长哈哈地笑起来，可是他很快地止住了："沈二哥，别脸红！我也得这么说，假如你问我的话。咱们完了。人家托咱们捎封信、带点东西，咱们都得想想看。惯了。头裹在被子里咱们才睡得香呢。沈二哥，明天我替你办加薪。""谢"堵住了沈二哥的喉。

微神

　　清明已过了，大概是；海棠花不是都快开齐了吗？今年的节气自然是晚了一些，蝴蝶们还很弱；蜂儿可是一出世就那么挺拔，好像世界确是甜蜜可喜的。天上只有三四块不大也不笨重的白云，燕儿们给白云上钉小黑丁字玩呢。没有什么风，可是柳枝似乎故意地轻摆，像逗弄着四外的绿意。田中的清绿轻轻地上了小山，因为娇弱怕累得慌，似乎是，越高绿色越浅了些；山顶上还是些黄多于绿的纹缕呢。山腰中的树，就是不绿的也显出柔嫩来，山后的蓝天也是暖和的，不然，大雁们为何唱着向那边排着队去呢？石凹藏着些怪害羞的三月兰，叶儿还赶不上花朵大。

　　小山的香味只能闭着眼吸取，省得劳神去找香气的来源，你看，连去年的落叶都怪好闻的。那边有几只小白山羊，叫的声儿恰巧使欣喜不至过度，因为有些悲意。偶尔走过一只来，没长犄角就留下须的小动物，向一块大石发了会儿愣，又颠颠着俏式的小尾巴跑了。

　　我在山坡上晒太阳，一点思念也没有，可是自然而然地从心中滴下些诗的珠子，滴在胸中的绿海上，没有声响，只有些波纹走不到腮上便散了的微笑，可是始终也没成功一整句。一个诗的宇宙里，连我自己好似只是诗的什么地方的一个小符号。

越晒越轻松，我体会出蝶翅是怎样的欢欣。我搂着膝，和柳枝同一律动前后左右地微动，柳枝上每一黄绿的小叶都是听着春声的小耳勺儿。有时看看天空，啊，谢谢那块白云，它的边上还有个小燕呢，小得已经快和蓝天化在一处了，像万顷蓝光中的一粒黑痣，我的心灵像要往那儿飞似的。

远处山坡的小道，像地图上绿的省份里的一条黄线。往下看，一大片麦田，地势越来越低，似乎是由山坡上往那边流动呢，直到一片暗绿的松树把它截住，很希望松林那边是个海湾。及至我立起来，往更高处走了几步，看看，不是；那边是些看不甚清的树，树中有些低矮的村舍，一阵小风吹来极细的一声鸡叫。

春晴的远处鸡声有些悲惨，使我不晓得眼前一切是真还是虚，它是梦与真实中间的一道有声音做的金线。我顿时似乎看见了个血红的鸡冠：在心中，村舍中，或是哪儿，有只——希望是雪白的——公鸡。

我又坐下了，不，随便地躺下了。眼留着个小缝收取天上的蓝光，越看越深、越高；同时也往下落着光暖的蓝点，落在我那离心不远的眼睛上。不大一会儿，我便闭上了眼，看着心内的晴空与笑意。

我没睡去，我知道已离梦境不远，但是还听得清清楚楚小鸟的相唤与轻歌。说也奇怪，每逢到似睡非睡的时候，我才看见那块地方——不晓得一定是哪里，可是在入梦以前它老是那个样儿浮在眼前。就管它叫作梦的前方吧。

这块地方并没有多大，没有山，没有海。像一个花园，可又没有清楚的界限。差不多是个不甚规则的三角，三个尖端浸在流动的黑暗里。

一角上——我永远先看见它——是一片金黄与大红的花，密密层层！没有阳光，一片红黄的后面便全是黑暗，可是黑的背景使红黄更加深厚，就好像大黑瓶上画着红牡丹，深厚得至于使美中有一点点恐怖。黑暗的背景，我明白了，使红黄的一片抱住了自己的彩色，不向四外走射一点；况且没有阳光，彩色不飞入空中，而完全贴染在地上。我老先看见这块，一看见它，其余的便不看也会知道的，正好像一看见香山，准知道碧云寺在哪儿藏着呢。

其余的两角，左边是一个斜长的土坡，满盖着灰紫的野花，在不漂亮中有些深厚的力量，或者月光能使那灰的部分多一些银色，显出点诗的灵空，但是我不记得在哪儿有个小月亮。无论怎样，我也不厌恶它。不，我爱这个似乎被霜弄暗了的紫色，像年轻的母亲穿着暗紫长袍。右边的一角是最漂亮的，一处小草房，门前有一架细蔓的月季，满开着单纯的花，全是浅粉的。

设若我的眼由左向右转，灰紫、红黄、浅粉，像是由秋看到初春，时候倒流。生命不但不是由盛而衰，反倒是以玫瑰作香色双艳的结束。

三角的中间是一片绿草，深绿、软厚、微湿，每一短叶都向上挺着，似乎是听着远处的雨声。没有一点风，没有一个飞动的小虫。一个鬼艳的小世界，活着的只有颜色。

在真实的经验中，我没见过这么个境界。可是它永远存在，在我的梦前。英格兰的深绿，苏格兰的紫草小山，德国黑林的幽晦，或者是它的祖先们，但是谁准知道呢。从赤道附近的浓艳中减去阳光，也有点像它，但是它又没有虹样的蛇与五彩的禽，算了吧，反正我认识它。

我看见它多少多少次了。它和"山高月小，水落石出"，是我心中的一对画屏。可是我没到那个小房里去过。我不是被那些颜色吸引得不动一动，便是由它的草地上恍惚地走入另种色彩的梦境。它是我常遇到的朋友，彼此连姓名都晓得，只是没细细谈过心。我不晓得它的中心是什么颜色的，是含着一点什么神秘的音乐——真希望有点响动！

这次我决定了去探险。

一想就到了月季花下，或也许因为怕听我自己的足音？月季花对于我是有些端阳前后的暗示，我希望在哪儿贴着张深黄纸，印着个朱红的判官，在两束香艾的中间。没有。只在我心中听见了声"樱桃"的吆喝。这个地方是太静了。

小房子的门闭着，窗上门上都挡着牙白的帘儿，并没有花影，因为阳光不足。里边什么动静也没有，好像它是寂寞的发源地。轻轻地推开门，静寂与整洁双双地欢迎我进去，是欢迎我。室中的一切是"人"的，假如外面景物是"鬼"的——希望我没用上过于强烈的字。

一大间，用幔帐截成一大一小的两间。幔帐也是牙白的，上面绣着些小蝴蝶。外间只有一条长案、一个小椭圆桌儿、一把椅子，全是暗草色的，没有油饰过。椅上的小垫是浅绿的，桌上有几本书。案上有一盆小松，两方古铜镜，锈色比小松浅些。内间有一个小床，罩着一块快垂到地上的绿毯。床首悬着一个小篮，有些快干的茉莉花。地上铺着一块长方的蒲垫，垫的旁边放着一双绣白花的小绿拖鞋。

我的心跳起来了！我决不是入了复杂而光灿的诗境。平淡朴美是此处的音调，也不是幻景，因为我认识那只绣着白花的小绿拖鞋。

爱情的故事往往是平凡的，正如春雨秋霜那样平凡。可是平凡的人们偏爱在这些平凡的事中找些诗意，那么，想必是世界上多数的事物是更缺乏色彩的。可怜的人们！希望我的故事也有些应有的趣味吧。

没有像那一回那么美的了。我说"那一回"，因为在那一天那一会儿的一切都是美的。她家中的那株海棠花正开成一个大粉白的雪球；沿墙的细竹刚拔出新笋；天上一片娇晴；她的父母都没在家；大白猫在花下酣睡。听见我来了，她像燕儿似的从帘下飞出来，没顾得换鞋，脚下一双小绿拖鞋像两片嫩绿的叶儿。她喜欢得像清早的阳光，腮上的两片苹果比往常红着许多倍，似乎有两颗香红的心在脸上开了两个小井，溢着红润的胭脂泉。那时她还梳着长黑辫。

　　她父母在家的时候，她只能隔着窗儿望我一望，或是设法在我走去的时节，和我笑一笑。这一次，她就像一个小猫遇上了个好玩的伴儿。我一向不晓得她"能"这样的活泼。在一同往屋中走的工夫，她的肩挨上了我的。我们都才十七岁。我们都没说什么，可是四只眼彼此告诉我们是欣喜到万分。我最爱看她家壁上那张工笔百鸟朝凤，这次，我的眼匀不出工夫来。我看着那双小绿拖鞋，她往后收了收脚，连耳根儿都有点红了，可是仍然笑着。我想问她的功课，没问；想问新生的小猫有全白的没有，没问。心中的问题多了，只是口被一种什么力量给封起来，我知道她也是如此，因为看见她的白润的脖儿直微微地动，似乎要将些不相干的言语咽下去，而真值得一说的又不好意思说。

　　她在临窗的一个小红木凳上坐着，海棠花影在她半个脸上微动。有时候她微向窗外看看，大概是怕有人进来。及至看清了没人，她脸上的花影都被欢悦给浸渍得红艳了。她的两手交换着轻轻地摸小凳的沿，显着不耐烦，可是欢喜得不耐烦。最后，她深深地看了我一眼，极不愿意而又不得不说地说："走吧！"我自己已忘了自己，只看见，不是听见，两个什么字由她的口中出来？可是在心的深处猜对那两个字的意思，因为我也有点那样的关切。我的心不愿动，我的脑知道非走不可。我的眼盯住了她的。她要低头,还没低下去,便又勇敢地抬起来,故意地、不怕地、羞而不肯羞地,迎着我的眼。直到不约而同地垂下头去,又不约而同地抬起来,又那么看。心似乎已碰着心。

我走,极慢地,她送我到帘外,眼上蒙了一层露水。我走到二门,回了回头,她已赶到海棠花下。我像一个羽毛似的飘荡出去。

以后,再没有这种机会。

有一次,她家中落了,并不使人十分悲伤的丧事。在灯光下我和她说了两句话。她穿着一身孝衣。手放在胸前,摆弄着孝衣的扣带。站得离我很近,几乎能彼此听得见脸上热力的激射,像雨后的禾谷那样带着声儿生长。可是,只说了两句极没有意思的话——口与舌的一些动作;我们的心并没管它们。

我们都二十二岁了,可是"五四运动"还没降生呢。男女的交际还不是普通的事。我毕业后便做了小学的校长,平生最大的光荣,因为她给了我一封贺信。信笺的末尾——印着一枝梅花——她注了一行:不要回信。我也就没敢写回信。可是我好像心中燃着一束火把,无所不尽其极地整顿学校。我拿办好了学校作为给她的回信;她也在我的梦中给我鼓着得胜的掌——那一对连腕也是玉的手!

提婚是不能想的事。许多许多无意识而有力量的阻碍,像个专以力气自雄的恶虎,站在我们中间。

有一件足以自慰的,我那系在心上的耳朵始终没听到她的定婚消息。还有件比这更好的事,我兼任了一个平民学校的校长,她担任着一点功课。我只希望能时时见到她,不求别的。她呢,她知道怎么躲避我——已经是个二十多岁的大姑娘。她失去了十七八岁时的天真与活泼,可是增加了女子的尊严与神秘。

又过了两年,我上了南洋。到她家辞行的那天,她恰巧没在家。

在外国的几年中,我无从打听她的消息。直接通信是不可能的。间接探问,又不好意思。只好在梦里相会了。说也奇怪,我在梦中的女性永远是"她"。梦境的不同使我有时悲泣、有时狂喜;恋的幻境里也自有一种味道。她,在我的心中,还是十七岁时的样子:小圆脸,眉眼清秀中带着一点媚意。身量不高,处处都那么柔软,走路非常的轻巧。那一条长黑的发辫,造成最动心的一个背影。我也记得她梳起头来的样儿,但是我总梦见那带辫的背影。

回国后,自然先探听她的一切。一切消息都像谣言,她已做了暗娼!

就是这种刺心的消息,也没减少我的热情。不,我反倒更想见她,更想帮助她。我到她家去。已不在那里住,我只由墙外看见那株海棠树的一部分。房子早已卖掉了。

到底我找到她了。她已剪了发,向后梳拢着,在项部有个大绿梳子。穿着一件粉红长袍,袖子仅到肘部,那双臂,已不是那么活软的了。脸上的粉很厚,脑门和眼角都有些褶子。可是她还笑得很好看,虽然一点活泼的气象也没有了。设若把粉和油都去掉,她大概最好也只像个产后的病妇。她始终没正眼看我一次,虽然脸上并没有羞愧的样子,她也说也笑,只是心没在话与笑中,好像完全应酬我。我试着探问她些问题与经济状况,她不大愿意回答。她点着一支香烟,烟很灵通地从鼻孔出来,她把左膝放在右膝上,仰着头看烟的升降变化,极无聊而又显着刚强。我的眼湿了,她不会看不见我的泪,可是她没有任何表示。她不住地看自己的手指甲,又轻轻地向后按头发,似乎她只是为它们活着呢。提到家中的人,她什么也没告诉我。我只好走吧。临出来的时候,我把住址告诉给她——深愿她求我,或是命令我,做点事。她似乎根本没往心里听，一笑，眼看看别处，没有往外送我的意思。她以为我是出去了，其实我是立在门口没动，这么着，她一回头，我们对了眼光。只是那么一擦似的，她转过头去。

初恋是青春的第一朵花，不能随便掷弃。我托人给她送了点钱去，她留下了，并没有回话。

朋友们看出我的悲苦来，眉头是最会出卖人的。她们善意地给我介绍女友，惨笑地摇首是我的回答。我得等着她。初恋像幼年的宝贝永远是最甜蜜的，不管那个宝贝是一个小布人，还是几块小石子。慢慢地，我开始和几个最知己的朋友谈论她，他们看在我的面上没说她什么，可是假装闹着玩似的暗刺我，他们看我太愚，也就是说她不配一恋。他们越这样，我越顽固。是她打开了我的爱的园门，我得和她走到山穷水尽。怜比爱少着些味道，可是更多着些人情。不久，我托友人向她说明，我愿意娶她。我自己没胆量去。友人回来，带回来她的几声狂笑。她没说别的，只狂笑了一阵。她是笑谁？笑我的愚，很好，多情的人不是每每有些傻气吗？这足以使人得意。笑她自己，那只是因为不好意思哭，过度的悲郁使人狂笑。

愚痴给我些力量，我决定自己去见她。要说的话都详细地编制好，演习了许多次，我告诉自己——只许胜，不许败。她没在家。又去了两次，都没见着。第四次去，屋门里停着小小的一口薄棺材，装着她。她是因打胎而死。

一篮最鲜的玫瑰，瓣上带着我心上的泪，放在她的灵前，结束了我的初恋，开始终生的虚空。为什么她落到这般光景？我不愿再打听。反正她在我心中永远不死。

我正呆看着那小绿拖鞋，我觉得背后的幔帐动了一动。一回头，帐子上绣的小蝴蝶在她的头上飞动呢。她还是十七八岁时的模样,还是那么轻巧,像仙女飞降下来还没十分立稳那样立着。我往后退了一步,似乎是怕一往前凑就能把她吓跑。这一退的工夫,她变了,变成二十多岁的样子。她也往后退了,随退随着脸上加着皱纹。她狂笑起来。我坐在那个小床上。刚坐下,我又起来了,扑过她去,极快;她在这极短的时间内,又变回十七岁时的样子。在一秒钟里我看见她半生的变化,她像是不受时间的拘束。我坐在椅子上,她坐在我的怀中。我自己也恢复了十五六年前脸上的红色,我觉得出。我们就这样坐着,听着彼此心血的潮荡。不知有多么久。最后,我找到声音,唇贴着她的耳边,问:"你独自住在这里?"

"我不住在这里;我住在这儿。"她指着我的心说。

"始终你没忘了我,那么?"我握紧了她的手。

"被别人吻的时候,我心中看着你!"

"可是你许别人吻你?"我并没有一点妒意。

"爱在心里,唇不会闲着;谁教你不来吻我呢?"

"我不是怕得罪你的父母吗?不是我上了南洋吗?"

她点了点头,"惧怕使你失去一切,隔离使爱的心慌了。"

她告诉了我,她死前的光景。在我出国的那一年,她的母亲死去。她比较得自由了一些。出墙的花枝自会招来蜂蝶,有人便追求她。她还想念着我,可是肉体往往比爱少些忍耐力,爱的花不都是梅花。她接受了一个青年的爱,因为他长得像我。他非常地爱她,可是她还忘不了我,肉体的获得不就是爱的满足,相似的容貌不能代替爱的真形。他疑心了,她承认了她的心是在南洋。他们俩断绝了关系。这时候,她父亲的财产全丢了。她非嫁人不可。她把自己卖给一个阔家公子,

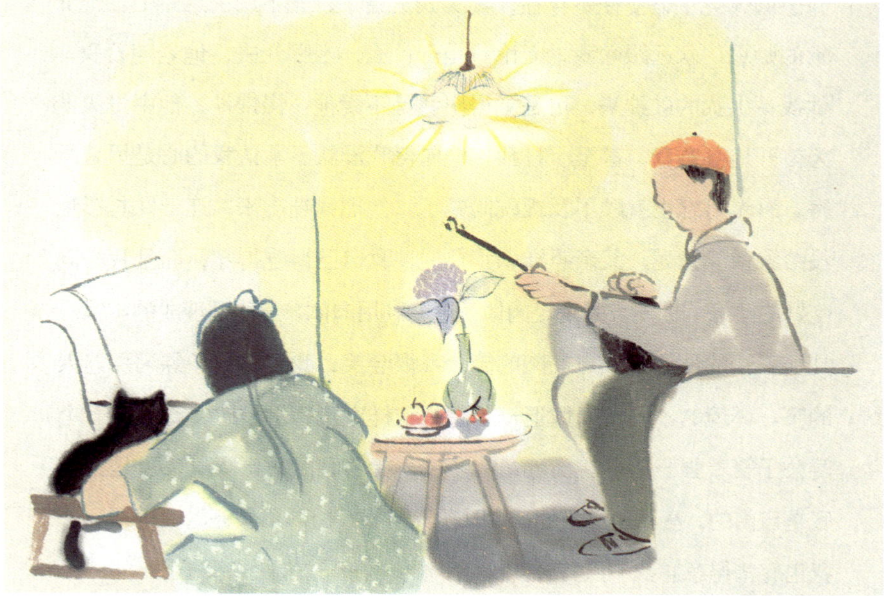

为的是供给她的父亲。

"你不会去教学挣钱？"我问。

"我只能教小学，那点薪水还不够父亲买烟吃的！"

我们俩都愣起来。我是想：假使我那时候回来，以我的经济能力说，能供给得起她的父亲吗？我还不是大睁白眼地看着她卖身？

"我把爱藏在心中，"她说，"拿肉体挣来的茶饭营养着它。我深恐肉体死了，爱便不存在，其实我是错了；先不用说这个吧。他非常的妒忌，永远跟着我，无论我是干什么，上哪儿去，他老随着我。他找不出我的破绽来，可是觉得出我是不爱他。慢慢地，他由讨厌变为公开地辱骂我，甚至于打我，他逼得我没法不承认我的心是另有所寄。忍无可忍也就顾不及饭碗问题了。他把我赶出来，连一件长衫也没给我留。我呢，父亲照样和我要钱，我自己得吃得穿，而且我一向吃好的穿好的惯了。为满足肉体，还得利用肉体，身体是现成的本钱。凡给我钱的便买去我点筋肉的笑。我很会笑，我照着镜子练习那迷人的笑。环境的不同使人做退一步想，这样零卖，倒是比终日叫那一个阔公子管着强一些。在街上，有多少人指着我的后影叹气，可是我到底是自由的，甚至是自傲的，有时候我与些打扮得不漂亮的女子遇上，我也有些得意。我一共打过四次胎，但是创痛过去便又笑了。

"最初，我颇有一些名气，因为我既是做过富宅的玩物，又能识几个字，新派旧派的人都愿来照顾我。我没工夫去思想，甚至于不想积蓄一点钱，我完全为我的服装香粉活着。今天的漂亮是今天的生活，明天自有明天管照着自己，身体的疲倦，只管眼前的刺激，不顾将来。不久，这种生活也不能维持了。父亲的烟是无底的深坑。打胎需要许多费用。以前不想剩钱；钱自然不会自己剩下。我连一点无聊的傲气

212

也不敢存了。我得极下贱地去找钱了,有时是明抢。有人指着我的后影叹气,我也回头向他笑一笑了。打一次胎增加两三岁。镜子是不欺人的,我已老丑了。疯狂足以补足衰老。我尽着肉体的所能伺候人们,不然,我没有生意。我敞着门睡着,我是大众的,不是我自己的。一天二十四小时,什么时间也可以买我的身体。我消失在欲海里。在清醒的世界中我并不存在。我的手指算计着钱数。我不思想,只是盘算——怎能多进五毛钱。我不哭,哭不好看。只为钱着急,不管我自己。"

她休息了一会儿,我的泪已滴湿她的衣襟。

"你回来了!"她继续着说,"你也三十多了;我记得你是十七岁的小学生。你的眼已不是那年——多少年了?——看我那双绿拖鞋的眼。可是,你,多少还是你自己,我,早已死了。你可以继续做那初恋的梦,我已无梦可做。我始终一点也不怀疑,我知道你要是回来,必定要我。及至见着你,我自己已找不到我自己,拿什么给你呢?你没回来的时候,我永远不拒绝,不论是对谁说,我是爱你;你回来了,我只好狂笑。单等我落到这样,你才回来,这不是有意戏弄人?假如你永远不回来,我老有个南洋做我的梦景,你老有个我在你的心中,岂不很美?你偏偏回来了,而且回来这样迟——"

"可是来迟了并不就是来不及了。"我插了一句。

"晚了就是来不及了。我杀了自己。"

"什么?"

"我杀了我自己。我命定的只能住在你心中,生存在一首诗里,生死有什么区别?在打胎的时候我自己下了手。有你在我左右,我没法子再笑。不笑,我怎么挣钱?只有一条路,名字叫死。你回来迟了,我别再死迟了:我再晚死一会儿,我便连住在你心中的希望也没有了。

我住在这里,这里便是你的心。这里没有阳光,没有声响,只有一些颜色。颜色是更持久的,颜色画成咱们的记忆。看那双小鞋,绿的,是点颜色,你我永远认识它们。"

"但是我也记得那双脚。许我看看吗?"

她笑了,摇摇头。

我很坚决,我握住她的脚,扯下她的袜,露出没有肉的一支白脚骨。

"去吧!"她推了我一把,"从此你我无缘再见了!我愿住在你的心中,现在不行了;我愿在你心中永远是青春。"

太阳已往西斜去;风大了些,也凉了些,东方有些黑云。春光在一个梦中惨淡了许多。我立起来,又看见那片暗绿的松树。立了不知有多久。远处来了些蠕动的小人,随着一些听不甚真的音乐。越来越近了,田中惊起许多白翅的鸟,哀鸣着向山这边飞。我看清了,一群人们匆匆地走,带起一些灰土。三五鼓手在前,几个白衣人在后,最后是一口棺材。春天也要埋人的。撒起一把纸钱,蝴蝶似的落在麦田上。东方的黑云更厚了,柳条的绿色加深了许多,绿得有些凄惨。心中茫然,只想起那双小绿拖鞋,像两片树叶在永生的树上做着春梦。

抱孙

难怪王老太太盼孙子呀，不为抱孙子，娶儿媳妇干吗？也不能怪儿媳妇成天着急，本来嘛，不是不努力生养呀，可是生下来不活，或是不活着生下来，有什么法儿呢！就拿头一胎说吧：自从一有孕，王老太太就禁止儿媳妇有任何操作，夜里睡觉都不许翻身。难道这还算不小心？哪里知道，到了五个多月，儿媳妇大概是因为多眨巴了两次眼睛，小产了！还是个男胎！活该就结了！再说第二胎吧，儿媳妇连眨巴眼都拿着尺寸，打哈欠的时候有两个丫鬟在左右扶着。果然小心谨慎没错处，生了个大白胖小子。可是没活了五天，小孩不知为了什么，竟自一声没出，神不知鬼不觉地与世长辞了。那是十一月天气，产房里大小放着四个火炉，窗户连个针尖大的窟窿也没有，不要说是风，就是风神，想进来也是怪不容易的。况且小孩还盖着四床被、五条毛毯，按说够温暖的了吧？哼，他竟自死了。命该如此！

现在，王少奶奶又有了喜，肚子大得惊人，看着颇像轧马路的石碾。看着这个肚子，王老太太心里仿佛长出两只小手，成天抓弄得自己怪要发笑的。这么丰满体面的肚子，要不是双胎才怪呢！子孙娘娘有灵，赏给一对白胖小子吧！王老太太可不只是祷告烧香呀，儿媳妇要吃活人脑子，老太太也不驳回。半夜三更还给儿媳妇送肘子汤、鸡丝挂面……儿媳妇也真作脸，越躺着越饿，点心就能吃两斤翻毛月饼：吃得顺着枕头往下流油，被窝的深处能扫出一大碗什锦来。孕妇不多吃怎么生胖小子呢？婆婆儿媳对于此点完全同意。婆婆这样，娘家妈也不能落后啊。她是七趟八趟来"催生"，每次至少带来八个食盒。两亲家，按着哲学上说，永远应当是对仇人。娘家妈带来的东西越多，婆婆越觉得这是有意羞辱人；婆婆越加紧张罗吃食，娘家妈越觉得女儿的嘴亏。这样一竞争，少奶奶可得其所哉，连嘴犄角都吃烂了。

收生婆已经守了七天七夜，压根儿生不下来。偏方儿、丸药、子孙娘娘的香灰，吃多了，全不灵验。到第八天头上，少奶奶连鸡汤都顾不得喝了，疼得满地打滚。王老太太急得给子孙娘娘跪了一股香，娘家妈把天仙庵的尼姑接来念催生咒，还是不中用。一直闹到半夜，小孩算是露出头发来。收生婆施展了绝技，除了把少奶奶的下部全抓破了别无成绩。小孩一定不肯出来。长似一年的一分钟，竟自过了

五六十来分,还是只见头发不见孩子。有人说,少奶奶得上医院。上医院?王老太太不能这么办。好吗?上医院去开肠破肚不自自然然地产出来,硬由肚子里往外掏!洋鬼子、二毛子,能那么办;王家要"养"下来的孙子,不要"掏"出来的。娘家妈也发了言,养小孩还能快了吗?小鸡生个蛋也得到了时候呀!况且催生咒还没念完,忙什么?不敬尼姑就是看不起神仙!

又耗了一点钟,孩子依然很固执。少奶奶直翻白眼。王老太太眼中含着老泪,心中打定了主意:保小的不保大人。媳妇死了,再娶一个;孩子更要紧。她翻白眼呀,正好一狠心把孩子拉出来。找奶妈养着一样的好,假如媳妇死了的话。告诉了收生婆,拉!娘家妈可不干了呢,眼看着女儿翻了两点钟的白眼!孙子算老几,女儿是女儿。上医院吧,别等念完催生咒了,谁知道尼姑们念的是什么呢,假如不是催生咒,岂不坏了事?把尼姑打发了。婆婆还是不答应。"掏",行不开!婆婆不赞成,娘家妈还真没主意。嫁出的女儿泼出的水,活是王家的人,死是王家的鬼呀。两亲家彼此瞪着,恨不能咬下谁一块肉才解气。

又过了半点多钟,孩子依然不动声色,干脆就是不肯出来。收生婆见事不好,抓了一个空儿溜了。她一溜,王老太太有点拿不住劲儿了。娘家妈的话立刻增加了许多分量,"收生婆都跑了,不上医院还等什么呢?等小孩死在胎里哪!"

"死"和"小孩"并举,打动了王太太的心。可是"掏"到底是行不开的。

"上医院去生产的多了,不是个个都掏。"娘家妈力争,虽然不一定信自己的话。

王老太太当然不信这个,上医院没有不掏的。

幸而娘家爹也赶到了。娘家妈的声势立刻浩大起来。娘家爹也主张上医院。他既然也这样说，只好去吧。无论怎说，他到底是个男人。虽然生小孩是女人的事，可是在这生死关头，男人的主意多少有些力量。

两亲家，王少奶奶，和只露着头发的孙子，一同坐汽车上了医院。刚露了头发就坐汽车，真可怜得慌，两亲家不住地落泪。

一到医院，王老太太就炸了烟。怎么，还得挂号？什么叫挂号呀？生小孩子来了，又不是买官米打粥，按哪门子号头呀？王老太太气坏了，孙子可以不要了，不能挂这个号。可是继而一看，若是不挂号，人家大有不叫进去的意思。这口气难咽，可是还得咽，为孙子什么也得忍受。设若自己的老爷还活着，不立刻把医院拆个土平才怪；寡妇不行，有钱也得受人家的欺侮。没工夫细想心中的委屈，赶快把孙子请出来要紧。挂了号，人家要预收五十块钱。王老太太可抓住了，"五十？五百也行，老太太有钱！干脆要钱就结了，挂哪门子浪号，你当我的孙子是封信呢！"

医生来了。一见面，王老太太就炸了烟，男大夫！男医生当收生婆？我的儿媳妇不能叫男子大汉给接生。这一阵还没炸完，又出来两个大汉，抬起儿媳妇就往床上放。老太太连耳朵都哆嗦开了！这是要造反呀，人家一个年轻轻的孕妇，怎么一群大汉来动手脚的？"放下，你们这儿有懂人事的没有？要是有的话，叫几个女的来！不然，我们走！"

恰巧遇上个顶和气的医生，他发了话："放下，叫她们走吧！"

王老太太咽了口凉气，咽下去砸得心中怪热的，要不是为孙子，至少得打大夫几个最响的嘴巴！县官不如现管，谁叫孙子故意闹脾气呢。抬吧，不用说废话。两个大汉刚把儿媳妇放在帆布床上，看！大夫用两只手在她肚子上这一阵按！王老太太闭上了眼，心中骂亲家母：

你的女儿,叫男子这么按,你连一声也不发,德行!刚要骂出来,想起孙子,十来个月的没受过一点委屈,现在被大夫用手乱杵,嫩皮嫩骨的,受得住吗?她睁开了眼,想警告大夫。哪知道大夫反倒先问下来了:"孕妇净吃什么来着?这么大的肚子!你们这些人没办法,什么也给孕妇吃,吃得小孩这么肥大。平日也不来检验,产不下来才找我们!"他没等王老太太回答,向两个大汉说:"抬走!"

王老太太一辈子没受过这个。"老太太"到哪儿不是圣人,今天竟自听了一顿教训!这还不提,话总得说得近情近理呀!孕妇不多吃点滋养品,怎能生小孩呢?小孩怎会生长呢?难道大夫在胎里的时候专喝西北风?西医全是二毛子!不便和二毛子辩驳,拿娘家妈杀气吧,瞪着她!娘家妈没有意思挨瞪,跟着女儿就往里走。王老太太一看,也忙赶上前去。那位和气生财的大夫转过身来,"这儿等着!"

两亲家的眼都红了。怎么着,不叫进去看看?我们知道你把儿媳妇抬到哪儿去啊?是杀了,还是剐了啊?大夫走了。王老太太把一肚子邪气全照顾了娘家妈,"你说不掏,看,连进去看看都不行!掏?还许大切八块呢!宰了你的女儿活该!万一要把我的孙子——我的老命不要了。跟你拼了吧!"

娘家妈心中打了鼓,真要把女儿切了,可怎办?大切八块不是没有的事呀,那回医学堂开会不是大玻璃箱里装着人腿人腔子吗?没办法!事已至此,跟女儿的婆婆干吧!"你倒怨我?是谁一天到晚填我的女儿来着?没听大夫说吗?老叫儿媳妇的嘴不闲着,吃出毛病来没有?我见人见多了,就没看见一个像你这样的婆婆!"

"我给她吃?她在你们家的时候吃过饱饭吗?"王太太反攻。

"在我们家里没吃过饱饭,所以每次看女儿去得带八个食盒!"

"可是呀,八个食盒,我填她,你没有?"

两亲家混战一番,全不示弱,骂得也很具风格。

大夫又回来了。果不出王老太太所料,得用手术。"手术"二字虽听着耳生,可是猜也猜着了,手要是竖起来,还不是开刀问斩?大夫说:用手术,大人小孩或者都能保全。不然,全有生命的危险。小孩已经误了三小时,而且决不能产下来,孩子太大。不过,要施手术,得有亲族的签字。

王老太太一个字没听见。掏是行不开的。

"怎样?快决定!"大夫十分的着急。

"掏是行不开的!"

"愿意签字不?快着!"大夫又紧了一板。

"我的孙子得养出来!"

娘家妈急了,"我签字行不行?"

王老太太对亲家母的话似乎特别的注意,"我的儿媳妇!你算哪道?"

大夫真急了,在王老太太的耳根子上扯开脖子喊:"这可是两条人命的关系!"

"掏是不行的!"

"那么你不要孙子了?"大夫想用孙子打动她。

果然有效,她半天没言语。她的眼前来了许多鬼影,全似乎是向她说:"我们要个接续香烟的,掏出来的也行!"

她投降了。祖宗当然是愿要孙子,掏吧!"可有一样,掏出来得是活的!"她既是听了祖宗的话,允许大夫给掏孙子,当然得说明了——要活的。掏出个死的来干吗用?只要掏出活孙子来,儿媳妇就是死了也没大关系。

娘家妈可是不放心女儿,"准能保大小都活着吗?"

"少说话!"王老太太教训亲家太太。

"我相信没危险,"大夫急得直流汗,"可是小孩已经耽误了半天,难保没个意外,要不然请你签字干吗?"

"不保准呀?趁早不用费这道手!"老太太对祖宗非常的负责任。好嘛,掏了半天都再不会活着,对得起谁!

"好吧,"大夫都气晕了,"请把她拉回去吧!你可记住了,两条人命!"

"两条三条吧,你又不保准,这不是瞎扯!"

大夫一声没出,抹头就走。

王老太太想起来了,试试也好。要不是大夫要走,她决想不起这一招儿来。"大夫,大夫!你回来呀,试试吧!"

大夫气得不知是哭好还是笑好。把单子念给她听,她画了个十字儿。

两亲家等了不晓得多么大的时候,眼看就天亮了,才掏了出来,好大的孙子,足分量十三磅!王老太太不晓得怎么笑好了,拉住亲家母的手一边笑一边刷刷地落泪。亲家母已不是仇人了,变成了老姐姐。大夫也不是二毛子了,是王家的恩人,马上赏给他一百块钱才合适。假如不是这一掏,叫这么胖的大孙子生生地憋死,怎对祖宗呀?恨不能跪下就磕一阵头,可惜医院里没供着子孙娘娘。

胖孙子已被洗好,放在小儿室内。两位老太太要进去看看。不只是看看,要用一夜没洗过的老手指去摸摸孙子的胖脸蛋。看护不准两亲家进去,只能隔着玻璃窗看着。眼看着自己的孙子在里面,自己的孙子,连摸摸都不准!娘家妈摸出个红封套来——本是预备赏给收生

221

婆的——递给看护；给点运动费，还不准进去？事情都来得邪，看护居然不收。王老太太揉了揉眼，细端详了看护一番，心里说："不像洋鬼子妞呀，怎么给赏钱都不接着呢？也许是面生，不好意思的？有了，先跟她闲扯几句，打开了生脸就好办了。"便指着屋里的一排小篮说："这些孩子都是掏出来的吧？"

"只是你们这个，其余的都是好好养下来的。"

"没那个事，"王老太太心里说，"上医院来的都得掏。"

"给孕妇大油大肉吃才掏呢。"看护有点爱说话。

"不吃，孩子怎能长这么大呢！"娘家妈已和王老太太立在同一战线上。

"掏出来的胖宝贝总比养下来的瘦猴儿强！"王老太太有点觉得不掏出来的孩子没有住医院的资格，"上医院来'养'，脱了裤子放屁，费什么两道手！"

无论怎说，两亲家干瞪眼进不去。

王老太太有了主意，"丫鬟，"她叫那个看护，"把孩子给我，我们家去。还得赶紧去预备洗三①请客呢！"

"我既不是丫鬟，也不能把小孩给你。"看护也够和气的。

"我的孙子，你敢不给我吗？医院里能请客办事吗？"

"用手术取出来的，大人一时不能给小孩奶吃，我们得给他奶吃。"

"你会，我们不会？我这快六十的人了，生过儿养过女，不比你懂得多？你养过小孩吗？"老太太也说不清看护是姑娘，还是媳妇，谁知道这头戴小白盔的是什么呢。

---

①洗三：旧时婴儿出生后第三日，要举行沐浴仪式，会集亲友为婴儿祝吉，称为"洗三"。

"没大夫的话,反正小孩不能交给你!"

"去把大夫叫来好了,我跟他说;还不愿意跟你废话呢!"

"大夫还没完事呢,割开肚子还得缝上呢。"

看护说到这里,娘家妈想起来女儿。王老太太似乎还想不起儿媳妇是谁。孙子没生下来的时候,一想起孙子便也想到媳妇;孙子生下来了,似乎把媳妇忘了也没什么。娘家妈可是要看看女儿,谁知道女儿的肚子上开了多大一个洞呢?割病室不许闲人进去,没法,只好陪着王老太太瞭望着胖小子吧。

好容易看见大夫出来了。王老太太赶紧去交涉。

"用手术取小孩,顶好在院里住一个月。"大夫说。

"那么三天满月怎么办呢?"王老太太问。

"是命要紧,还是办三天要紧呢?产妇的肚子没长上,怎能去应酬客人呢?"大夫反问。

王老太太确是以为办三天比人命要紧,可是不便于说出来,因为娘家妈在旁边听着呢。至于肚子没长好、怎能招待客人,那有办法,"叫她躺着招待,不必起来就是了。"

大夫还是不答应。王老太太悟出一条理来,"住院不是为要钱吗?好,我给你钱,叫我们娘儿们走吧,这还不行?"

"你自己看看去,她能走不能?"大夫说。

两亲家反都不敢去了。万一儿媳妇肚子上还有个盆大的洞,多么吓人!还是娘家妈爱女儿的心重,大着胆子想去看看。王老太太也不好意思不跟着。

到了病房,儿媳妇在床上放着的一张卧椅上躺着呢,脸就像一张白纸。娘家妈哭得放了声,不知道女儿是活还是死。王老太太到底心硬,只落了一半个泪,紧跟着炸了烟,"怎么不叫她平平正正地躺下呢?这是受什么洋刑罚呢?"

"直着呀,肚子上缝的线就绷了,明白没有?"大夫说。

"那么不会用胶粘上点吗?"王老太太总觉得大夫没有什么高明主意。

娘家妈想和女儿说几句话,大夫也不允许。两亲家似乎看出来,大夫不定使了什么坏招儿,把产妇弄成这个样。无论怎说吧,大概一时是不能出院。好吧。先把孙子抱走,回家好办三天呀。

大夫也不答应,王老太太急了。"医院里洗三不洗?要是洗的话,我把亲友全请到这儿来;要是不洗的话,再叫我抱走。头大的孙子,洗三不请客办事,还有什么脸活着?"

"谁给小孩奶吃呢?"大夫问。

"雇奶妈子!"王老太太完全胜利。

到底把孙子抱出来了。王老太太抱着孙子上了汽车,一上车就打嚏喷,一直打到家,每个嚏喷都是照准了孙子的脸射去的。到了家,赶紧派人去找奶妈子,孙子还在怀中抱着,以便接收嚏喷。不错,王老太太知道自己是着了凉,可是至死也不能放下孙子。到了晌午,孙子接了至少有二百多个嚏喷,身上慢慢地热起来。王老太太更不肯撒手了。到了下午三点来钟,孙子烧得像块火炭了。到了夜里,奶妈子已雇妥了两个,可是孙子死了,一口奶也没有吃。

王老太太只哭了一大阵,哭完了,她的老眼瞪圆了,"掏出来的!掏出来的能活吗?跟医院打官司!那么沉重的孙子会只活了一天,哪有的事?全是医院的坏,二毛子们!"

王老太太约上亲家母,上医院去闹。娘家妈也想把女儿赶紧接出来,医院是靠不住的!

把儿媳妇接出来了,不接出来怎好打官司呢?接出来不久,儿媳妇的肚子裂了缝,贴上"产后回春膏"也没什么用,她也不言不语地死了。好吧,两案归一,王老太太把医院告了下来。老命不要了,不能不给孙子和媳妇报仇!

图书在版编目（CIP）数据

问题不大！：老舍短篇小说集 / 老舍著. — 北京：中国致公出版社, 2024.8

（大师系列）

ISBN 978-7-5145-2261-7

Ⅰ. ①问… Ⅱ. ①老… Ⅲ. ①短篇小说-小说集-中国-现代 Ⅳ. ①I246.7

中国国家版本馆CIP数据核字(2024)第110570号

问题不大！：老舍短篇小说集 / 老舍 著
WENTI BU DA!:LAOSHE DUANPIANXIAOSHUO JI

出　　版	中国致公出版社
	（北京市朝阳区八里庄西里100号住邦2000大厦1号楼西区21层）
出　　品	湖北知音动漫有限公司
	（武汉市东湖路179号）
发　　行	中国致公出版社（010-66121708）
作品企划	知音动漫图书·文艺坊
责任编辑	丁琪德
责任校对	邓新蓉
装帧设计	郑雨薇
责任印刷	翟锡麟
印　　刷	崇阳文昌印务股份有限公司
版　　次	2024年8月第1版
印　　次	2024年8月第1次印刷
开　　本	880 mm×1230 mm　1/32
印　　张	7.25
字　　数	170千字
书　　号	ISBN 978-7-5145-2261-7
定　　价	39.80元

版权所有，盗版必究（举报电话：027-68890818）
（如发现印装质量问题，请寄本公司调换，电话：027-68890818）